再见李桥

玖月晞 作品

作家出版社

图书在版编目（CIP）数据

再见李桥 / 玖月晞著. -- 北京：作家出版社，2020.12
（2021.2重印）

ISBN 978-7-5212-1069-9

Ⅰ.①再… Ⅱ.①玖… Ⅲ.①中篇小说－中国－当代
Ⅳ.①I247.5

中国版本图书馆CIP数据核字（2020）第136511号

再见李桥

作　　者：玖月晞
责任编辑：丁文梅
特约策划：常　飚
装帧设计：张丽娜
出版发行：作家出版社有限公司
社　　址：北京农展馆南里10号　　邮　编：100125
电话传真：86-10-65067186（发行中心及邮购部）
　　　　　86-10-65004079（总编室）
E-mail:zuojia@zuojia.net.cn
http://www.zuojiachubanshe.com
印　　刷：唐山嘉德印刷有限公司
成品尺寸：143×210
字　　数：107千
印　　张：6
版　　次：2020年12月第1版
印　　次：2021年2月第2次印刷
ISBN　978-7-5212-1069-9
定　　价：36.00元

目 录

第一章

吴润其

四月四号这天，山茶花开，长江水暖，是个好天气。

上午九点多，江风把阳光送过来，光线洒满锈迹斑驳的水泥阳台。我家在江边的小山丘上，丘上长满木材公司种的白杨。向江那面是荒废多年的采沙场，视野极好。江水一带青，缓缓东流。春季水低，晾出岸边石灰白的防波堤。下游一两公里的白筏渡口，汽渡轮船刚抵岸，小轿车小客车像火柴盒子爬上坡。

我说，妈妈你看，今天长江好漂亮。妈妈说，我走了，中午饭你自己弄。这么大的人了，过了二十七，足二十八，我像你这个年纪，伺候起一家子人了。我不指望你给我安置饭菜，你自己吃喝自己管好。难得回家一次，也不是来当祖宗的。

我想，在家里我什么时候当过祖宗？但我没说出来。和王菊香女士和平相处的秘诀在于沉默顺从。我要是回一句，她能把长江水说干。

早知道不回来了，清明调休，还特意多请了两天假，何苦回这破烂房子里听她永远怨气冲天的话？可我又想回来。上个月江城警察给我打电话，对方姓董，自称是郑警官的下属，说李康仁的尸体，准确说是尸骨找到了。我说，我不认识李康仁。

对方说，他儿子李桥，你总该认识吧？我说，好像有那么个人，不太记得。对方奇怪地笑一下，十年前他失踪，郑警官找你做过笔录，不记得了？他的语气让我愤怒，好像我跟李桥的失踪有关一样。我说，郑警官派你来审问我？对方见我生气，又缓和地说，没那个意思，不过，李桥畏罪潜逃，你们没联系？

你有什么证据证明他潜逃！我说，万一他只是离家出走。

董姓警官不认可我的说法，说，十年了，他妈妈的墓一直没人扫。碑上的字掉色了，没人管。这不是潜逃是什么？我冷笑，那是他够彻底够果敢。下狠心走了，还管什么死人的墓？对方沉默一会儿，说，我翻了你跟秦之扬当初的证词，不合常理，简直叫人怀疑，他的逃亡，你们是不是知情，还帮他隐瞒？他这一通狗屁，气得我火冒三丈，挂了电话。

我好几天心情不爽，临近清明，突然想看看李桥妈妈的墓，于是买了回江城的车票。一时冲动回江城是个错误，我不知道李桥妈妈的墓在哪儿。对李桥的事，我知之甚少。怎么认识他的，好像也是个意外。

2009年我读高三，最后一次模考考了473分，班级第十名。拿到分数表时，我快哭了。我很努力了，可这个分数只能上三本。

爸爸看到成绩表，没说什么。我不是天资聪颖的，他不指望。妈妈假装不在意地叹了口气，说，我听人说，越好的大学，学费越便宜。会读书的伢儿就是好，晓得给家里省钱。

冷嘲热讽，是王菊香女士的绝招。她要读书够多，应该很喜欢鲁迅。要不是碰上重男轻女的外公，导致她小学四年级辍学，"b、p、m、f"声母表倒背如流菜场买菜算账比算盘还快的王女士按她的说法能考上大学当官，再不济也能当个老师，而不是客运站旁迎宾招待所里的保洁员。她数十年如一日地清洗车站旅馆里脏污的体味四溢的床单，她骂那些不讲卫生的乡巴佬旅客，骂那些不知廉耻的中年老年偷情狗男女，碰上年轻学生，更要把他们只管生不管教的父母臭骂一通，骂男学生淫虫上脑糟蹋女娃总有一天烂鸡巴，骂女学生不知廉耻下贱骚货妈卖批。她骂骂咧咧着把床单洗得干干净净，发泄完怨气和力气，回到家里只剩半死不活的碎嘴抱怨，怨她那开公交的男人在外当孙子，在家当大爷。她累死累活回家，地没人扫，衣服没人收，烧的开水没人倒，做饭没人搭把手，厕所灯泡坏了没人修。我爸说他累了，开车受了一肚子气，哪个私家车别了他的车，哪个中学生下车时摔了一跤破口大骂。我妈说难道我不累？你回家就当大爷，你要有出息挣了大钱也好啊，那我天天伺候你。结果呢，开公交开了十几年，也没开出个花儿。

没办法。公交司机不比别的行当，不像白领努把力了能升职加薪，公交你开得再好，也没法升职去开飞机。

自我有记忆，他们成天吵得不可开交，吵上了兴头必然摔东西。九十年代的电饭锅、搪瓷盆子、洗脸架子质量顶呱呱，摔上几次，充其量磕掉点儿瓷。横竖不会坏，摔的人便更加肆无忌惮，摔得山茶花开了又谢，江水落了又涨。到冬天，男人怒吼声，女人嘶叫声，铁锅砸墙声，瓷碗碎裂声，掺杂着北风呼啸声，木窗扇哐当砸窗棂声，一声更比一声高。

　　我小学毕业后，他们突然不吵了。我父亲吴建国单方面退出这场对决。他跟其他当丈夫的男人切磋技艺后，采用了一种更高明的招数——装聋作哑。他的耳朵进化成一双过滤器，自动过滤掉我妈的一切"刁难"——刚扫的地又搞邋遢了你不会扫一下？厕所灯泡坏了几年了你就不会换一换？米粮油都涨了怎么就你工资不涨？你每个月又是烟又是酒的抽烟喝酒不要钱呐？又请朋友来家里吃饭，你当家里开免费餐馆，像你这么充面子我以为一个月能赚万把块。

　　他不听，也不动，像个天生的完美聋哑人。这招一击见血，我妈妈像个疯子一样对他大吼大叫。她越愤怒，他越镇定。他赢了，他信心倍增，将这招贯彻到底，果决而残忍地将对手的愤怒一点点儿磨灭，只剩绝望。一年一年，他们最终达成了平衡。她悲哀地有气无力地仿佛自说自话地埋怨、诉苦、碎念；他充耳不闻，偶尔发发善心听她一两回，换她四五天消停；偶尔忍无可忍，和她吵上个天崩地裂。更多的时候，他还算文明，以彼之道还施彼身地对我妈冷嘲热讽。随着我长大，这种双向的平衡发生了变化，变成了三角。

此刻，爸爸也看了眼成绩单，笑着说，没事，我卖血卖肾供你。要不然，你心疼爸爸呢，你也去开公交。我跟公司领导熟，说句话就能给你塞进去。工作稳定，也算铁饭碗。

我说，好啊，你去卖肾啊。

爸爸看我生气，不说话了。妈妈接上，你说的什么话？明明初中成绩还行，高中越来越差，我看你就是不努力，白费了我们供你养你。你看你初中同桌付小婧，上次碰到她妈妈，说成绩又提高了，考五百五，上一本是打包票。别人家孩子怎么就那么好，晓得给爸妈脸上增光？你尽给我丢脸。

我终于忍不住，恨道，我中考只差一分。交五千块就能进三中。付小婧差十分她爸妈都把她买进去了。五中校风多差老师多差，你们又不是不晓得！你们明明有钱，偏要死攒着不肯拿，就是你们，钱看得比命重！守财奴！

屋里安静了一会儿。爸爸说，在哪里上学不一样？拉不出屎怪茅坑脏？比不上付小婧，从自己身上找原因。我还怀疑你初中成绩好是不是抄她的。

妈妈说，不讲了，是我错了。那时候我该卖肾的，误了你这个清华苗子。

第二天去上学，我浑浑噩噩上公交，司机正是我爸。我坐他的车从来不花钱，但那天我掏出一块钱，用力塞进收银筒，像要证明什么。他眼神嘲笑。我突然明白，塞进去的那一块钱也是他的钱。我是靠他养活的。我泄气了，走到公交最后一排靠窗的位置坐下，公交走到半路，车上挤满上早自习的学生，他们聊着天，很快乐的样子。我跟他们不是一辆车上的人。

前边座椅靠背的塑胶封里插着广告纸，写着"春夏换季，红云商场全场五折"的字样。我也是个打折品，我们全家都是大甩卖跳楼价吐血亏本的打折品。我从书包里拿出一支笔。

"*我想去死！！！*"

写下前三个字的时候，心里一口郁结多年的浊气喷涌出来，浓缩成委屈和愤恨，那滋味又辛又辣又苦又酸。我想说出比"去死"更狠烈更严重千百倍的话来，可没有更严重的话可写了，于是我狠狠打了三个感叹号，每个符号都像要把广告纸划破刺透。

写完了，我瘫进椅子里，望着窗外的树叶发呆。我也只有在椅背上刻字的胆量了。

我好几天没再碰上我爸的早班车，直到一周后，我再次坐到那个位置，看见那行字下面多了一行字：*我也是。*

李 桥

　　我父亲叫李康仁，江城市健阳县人。爷爷起名省事，从出生地里取了个健字，他原叫李健仁。李健仁十四岁上江城当学徒，住在机床厂十人宿舍。八十年代中期，改革开放如火如荼，全社会掀起一波敢打敢拼闯出去的风潮。贫穷不再光荣，挣钱才是硬道理。那时的城市户口是高人一等的，城市人走路鼻子都朝天。乡下人叫乡巴佬，是没文化没见过世面上不得台面的。学徒们年纪轻，刚入社会火气旺，宿舍里，城里人乡下人免不了磕磕碰碰起冲突。前脚吵架后脚喝酒是常事。可每次吵架吧，"李健仁"这名字总给他拖后腿，叫他气不顺心不平。十七岁那年，李健仁托车间主任的关系，开证明给改了名字，从此叫李康仁。康仁，康仁，读快了听着像"坑人"。但不管怎样，坑人总比贱人强。起码得有本事才能坑人。

　　我父亲李康仁算不上吃苦耐劳，从某种程度上说有些懒散，可他脑子灵光，学东西上手快，很快当上车间小组长。手下一帮工人由他指挥，颇有农奴翻身的畅快，他野心膨胀，不仅要当组长，还要当科长、主任、厂长。他给科长主任鞍前马后，孝敬烟酒，谁见他不夸一句小伙子会来事，有奔头。眼看大好前途一片，厂子突然下发文件，停工裁员。机床厂效益江河日下，年年亏损。说是外头的厂子，全机器化的流水线，外国进口，成本低，质量好，竞争力强。李康仁说，简直是狗屁，成本低可能质量好？李康仁说，这不就跟种田一样简单的道理？你少犁一亩地，少施一趟肥，成本是低了，可稻子产量能增加就有鬼了。不过他很有底气，他是那批工人里能力最强的一个，谁下岗也轮不到他。

偏偏就轮到了他。他们宿舍开了七个，只留三个。一个厂长妹夫的侄子，一个市工商局科长的表弟，另一个据说给副厂长送了厚礼。李康仁的叔伯姑姨都不是厂长，表兄弟妹也不是科长，更没钱准备厚礼。之前跟他关系亲厚称兄道弟的车间主任也翻脸不认人。李康仁第一次体会到了社会不公，他一肚子火，却没胆去闹事，只能咬碎了牙，卷铺盖走人。

重新找工作没那么容易。那几年农村人跟江水涨潮似的往城里涌，渗进城市大街小巷每一条毛细血管。效益好的厂子排队也进不去，不好的厂子大举裁人。城市人跟农村人一同抢饭碗，连建筑工地搬砖都要拿号码牌。搬砖抹水泥再累，也比种田挣钱啊。李康仁死活不想回农村，心一横，去砌墙挑土，可现实因素摆在面前——他十九了，得相姑娘了。村里媒人问起来，在城里工地搬砖不好听。何况他不想娶乡下女，还是城里女子好。

住机床厂宿舍那会儿，他下铺的小陈谈了个城里女子，叫珍珍。珍珍这名儿就好听，捧在心尖尖的宝贝似的。不像他们村，花啊菊啊香啊秀啊艳啊丽啊的，俗气。珍珍长得白白净净，黑发乌溜溜梳了条麻花辫。她小眼睛小鼻子小嘴巴，说话小声小气，见谁都眯着眼睛缝儿地笑。啧，温柔。她不是个大美人，但李康仁可以打包票，宿舍另外九个绝对肖想过珍珍。数不清的夜里，床板晃动，低绵吟哦，被子里漏出来的女子白得跟豆腐一样的脚丫子。年轻人血气方刚，谁不馋。城里妹子才有滋味。

李康仁离了建筑工地，去了航运公司。他一开始在那儿打零工，给人打下手修理汽渡轮船。他想攒了经验去搞汽修，反正都是修，修船跟修车差不多，举一反三嘛。他为人大方，讲小仁小义，跟人关系处得不错。航运公司一个老师傅指点他，说这几年江城在发展，人流量大，货运车客运车流量也年年提升，航运公司要增加汽渡运力。上头开始重视安全，要规范渡口，汽渡驾驶员得重新学习，统一考证，分派工作。老师傅说，来我们公司好，搞汽修有什么奔头？几个人家里有车？李康仁心想，听老人的没错。他抓住这个机会，考了个轮船驾驶证，成了航运公司的正式员工。

李康仁说，那时候汽渡驾驶员是很威风的。江城三区六县，有一区二县在长江对岸，汽渡的桥梁作用不言而喻。更别说他终于落了城市户口，有了铁饭碗，以后有国家给养老。

汽渡给他带来了户口、生计、尊严，也给他带来了爱情和家庭。就是在渡轮上，他认识了我妈妈。

他们相遇的故事我爸爸从没讲过，但我听妈妈讲过很多回。故事很简单，有年夏天，十八岁的江城女孩林卉从江对岸探亲回来，搭船过江。渡轮上整整齐齐停满了车辆，行人不多，三三两两。她独自站在船舷边，舷外江水滔滔。那天江风爽朗，她穿了一件白裙子。我父亲坐在高高的渡轮驾驶室里，透过雨渍还没擦干净的风挡玻璃看到了她。我相信这个故事的真实性，毫不怀疑他会对她一见钟情，因为她是个美人。

我母亲林卉出身工人家庭，外公外婆是钢厂的工人。她认识我父亲时，在市第二服装厂上班。我父亲李康仁对她一见倾心，打听到她的厂子后，展开了漫长而热情的追求。他特地买了辆自行车接送她上下班，还专门买了套西装穿上。他玉树临风地站在厂子门口等她，引得上下班的女工纷纷侧目。虽然他模样不错，但我母亲林卉被他这攻势吓到了。她不上他的车，他很聪明，就推着自行车跟在她旁边走，给她讲笑话，邀她看电影，请她吃冰棍。

我长大后知道了一个道理，有些女生很难追，可一旦追到手，她就会对你死心塌地，把之前你对她的好加倍地还给你。我母亲林卉就是这样的女人。被追求了一年后，她爱上了李康仁，爱得深沉，爱到领证前因一件小事争吵他打了她五个耳光她都原谅了，最后还是跟他结了婚，为他生育了孩子。

　　我从出生就住在航运公司的职工筒子楼里。筒子楼有六层，一层八九户人家，一条笔直的走廊上两个楼梯间。不论你走到哪里，都跟鬼打墙一样。清一色的晒洗制服，左胸印着蓝色的"江城航运"字样。清一色的木窗、印花玻璃、白绿墙壁，堆满了煤球的楼梯间。哪怕随意走进一扇门，眼前也是统一的一个大开间，兼具厨房客厅餐厅小孩房的功能，外加一个卧室。开间摆设都一样，铁煤炉，火钳，半球电饭煲，带纱窗的木碗橱，缠着麻绳的洗脸架，架子上搭着毛巾，上层放着一家人共用的脸盆，手边香皂架，下层放着脚盆。窗户外，伸出一根晾衣竿，汗衫、短裤迎风招摇。卧室里一张矮木床，有的家庭是席梦思，再加一个衣柜，一个五斗柜，齐全了。走过一扇扇窗，家家户户这般模样。

　　筒子楼前头有块大空地，空地再往外是江堤，堤坝外头又是空地，再过去是防波堤和渡口。傍晚是最热闹的时候。职工们下班回家了，各家各户炒菜做饭，青椒炒肉丝，香干炒腊肉，锅碗瓢盆乒乓响。孩子们全涌到空地上玩耍，女孩们跳绳跳房子，男孩们打弹珠、集英雄卡、砸沙包，叫闹声把太阳吵落江了也不散。楼上妈妈们扯着嗓子喊吃饭，孩子们才跟鸡崽似的各回各家，各找各妈。

有个女孩从来不跟我们玩。那天我打飞镖赢了别人十张英雄卡，正大杀四方呢，我妈的喊声从六楼降下来，李桥！吃饭！我收了卡片，满头大汗地跑上楼。跑到四楼，一个和我同岁的女孩站在走廊上。这楼里还没有我不认识的小孩，可我不认识她。她歪着脑袋，斜着眼睛盯着地面，神经病一样啃着右手，她另一只手抓紧裙子，脑袋一下一下抽搐着，不知在看地上的什么东西。可地上什么也没有，除了一张踩进泥里早已褪色的脏兮兮的大白兔奶糖包装纸。她脚上拴着一条铁链子。我问，你是谁？她好像没听见，瞪着眼睛执着地咬手指。我说，聋子。说完就走。背后，她含糊不清地说，你是谁？聋子。我说，你干吗学我说话？可她不看我，歪着脑袋拿耳朵对着我，好像她的耳朵才是眼睛。我知道了，我说，你是个瞎子。我跑上楼去了。

吃饭时我跟我妈说，四楼新搬来一个女伢子，脚拴起了，是个瞎子。我妈叹了口气，说，她不瞎，也不是新来的。她一直住在这里。我说，鬼话。我怎么不知道？我妈盛着饭，不答话。可能觉得小孩的话不需要认真对待。我说，你说她一直住在这里，那你说她叫什么。

妈妈说，叫夏青。

我不信，我听都没听过这个名字。

我爸接着说，夏青是个宝器。

用我们江城话说，宝器就是智障、白痴的意思。

夏　青

我们只是时间的载体。正如一只玻璃杯盛住了水，才能看见水的形状。我们装下了时间，才能看到过去与现在时间作用在我们身上的变化。我们可以是石头，可以是鸟兽，可以是书本，可以是我，可以是李桥，可以是轮船，可以是风铃，可以是烟囱，也可以是郑警官。

十年前的郑警官很年轻，现在的郑警官，还算年轻。

郑警官坐在疗养院活动区一张大桌子对面，看我画画。现在是午睡时间，其他病人在房间午睡。落地窗外，有风来，花摇树颤。郑警官说，你喜欢画画？我摇头。他说，那为什么画？我说，医生让我画。他说，我看看你画的什么，风铃、烟囱、船和一张脸。我继续画。他说，这张脸是李桥吗？我不说话。他说，夏青，你能看着我吗？我抬起头，眼睛斜去窗外，一只白头翁落在树枝上，我抠着笔，说，不能。郑警官说，你知道李桥在哪里吗？我说，不知道。他说，他从来不和你联系？我说，不和。郑警官说，护士说，以前撞见过你偷偷在院墙边和人见面，还听见过你在房间里悄悄和谁说话。窗外，白头翁飞走了。他说，李康仁的尸体捞到了，但李桥一直逃亡在外……

我尖叫。房间扭曲、变形，白头翁缩小、变成鸟蛋，枫树卷曲、发芽，枯叶飞回树梢、变红、转绿，医生护士倒退。

一个歪着脑袋，斜着眼睛，咬手指的小女孩站在我面前。

我不喜欢三角形，尤其是一个角30度的直角三角形。像尖刀。30度的尖角，哧，刺穿我的脖子。很疼。不能呼吸。我家门上有风窗，窗棂打了个叉，分成四个三角形，四把刀。看到三角形，我就尖叫。

我不喜欢阴影，阴冷，潮湿，住着水怪。有太阳的时候，它们成了晒鱼干，动不了。一旦阴影扩散，它们就泡发开，伸出长长的触手，在床底、柜底、墙角，在我看不见的地方蠕动。它们伺机而动，等我靠近，立刻进攻，缠住我的脚，把我拖进去吞掉。看见阴影，我就尖叫。

我不喜欢尖叫。楼下的小孩子爱尖叫，他们永远不规则地在空地上跑，一会儿加速，一会儿减速，一会儿停下，一会儿出发，一会儿撞在一起。他们像一捧弹珠撒在光滑的盘子里，又滚，又撞。弹珠清脆，他们在空地上尖叫。我在屋子里尖叫。

我不喜欢小朋友。不管是哪里的小朋友，他们看见我就大笑，他们歪着脑袋斜着眼睛，拿石头砸我，说，快看快看，她是个憨包。她是个宝器。他们像猴子一样有尖尖利爪，他们一靠近，我就尖叫。

我不喜欢妈妈。她总是哭，总是捏我、揪我、掐我，然后消失。她一出现，又哭，又捏我、揪我、掐我，又消失。我不喜欢她出现，我想把她关进座机电话里。但爷爷接电话，还让我接，我不接，我就尖叫。

爷爷抱着我去找大师。大师是个老太婆。老太婆说我在娘胎里被鬼咬了。鬼在我身上，鬼一咬，我就叫。把鬼赶走我就不叫了。她胡说。什么时候咬的，我会不知道。我说，胡说。胡说。爷爷不听。他听老太婆的，拿艾草熏我。爷爷一边熏，一边念，你这个不长眼的苦命小鬼，缠起我滴孙丫头做甚么，我滴孙丫头爹不管娘不养，又是个憨包，话都说不抻，你缠起她你也跟着造孽。我这老倌儿也没福给你享，你在我小破屋里转一转，就去别个富贵屋里吃香喝辣吧。

你干吗？我跟小鬼讲话。屋里空空的，只有我一个人。我说，没人，你出来呀。小鬼还是不回答。小鬼是个哑巴鬼。

熏了几年，鬼还不走。我还是个憨包。爷爷又说，你这小鬼是不是住起感情来了。唉，你也不是个嫌贫爱富的，不走就不走吧。我话跟你说好，你不要我青青丫头的命，你保佑起她长命百岁。我说，爷爷茶米百岁。爷爷说，是长命，不是茶米。我转头去抓米桶里的大米。爷爷说，该吃中饭了。爷爷为起你，要活一百四十岁。

我喜欢米。我把手伸进米缸，米粒吓得跑开，又很快涌回来。米粒抓我的手，挤我的手，拉我的手，往下拉。我把自己歪起来，一直往下钻，哎呀，下不去了，卡胳肢窝了。我抓了几下，还没到底呢。米粒抱着我，抱着我一下午。它们一抱住我，屋子就斜起来了，水泥地坪变成了墙。桌子椅子像蜘蛛一样挂在墙上掉不下来。它们应该是铁蜘蛛，不然盘子水杯怎么不掉下来呢，肯定有磁铁。窗户成了屋顶，阳光流进来，我的大门变成了地板。嘘，不要开门，门一开，我就会从门洞里掉下去。不过我不怕，永远没人开门。等太阳变红，爷爷快回来了，我就把手臂从米桶里拔出来，把屋子摆正。不然爷爷要从地底下爬进屋里来，我怕他摔倒。我拔出手来，我的手变白了，裹着一层白色的灰，很香，像吃饱了一大碗米饭。

李桥和我一样，也喜欢米。

李桥住在六楼。爷爷出门去，他从门缝里冒进来，指着我说，你不要把她的脚捆起了！爷爷说，她到处走，走掉了就不晓得回来了。李桥不说话了，我咬着手指。他突然昂起脑袋，一拍胸脯，说，你把链子松开，我来卫护她！

李桥皱着眉毛，很嫌弃，他说，你真邋遢，还咬手指头。

你不说话就是哑巴！

你在看哪里？有什么东西我看不到？

你跑那么远干什么？

你耳朵有问题！

　　李桥一直在说话。他一边说话，一边到处溜。我的眼睛看哪里，他就跑去哪里。他要看我的眼睛，我不让。他跟我的目光玩追赶游戏。我的眼睛转啊转，他跑啊跑，他打开碗柜，摸盘子，拈出一根炒青椒塞嘴里嚼巴，他走到窗边，叉着腰往外看，他坐到椅子上，跷跷二郎腿，他永远追不上我。他说，你果然是个憨包！他趴在凉席上翻连环画。他不追了。我的眼睛也不动了，盯着水泥墙上的阳光——四块长方形。长方形慢慢拉长，变成菱形。他很久不讲话了。我的眼睛慢慢跟着阳光走，走到他的脑袋上。他和凉席一起，倒挂在墙上，他的脑袋在洗阳光澡。他突然扭头看我，瞪圆了眼睛。我立刻移开眼睛。他横着跑过来，说，你在米桶里找什么？

　　他伸出左手，也钻进米桶。啊呀，米粒骚动了，米粒在挤我，推我，搡我，米粒升高了。米粒卡住他的胳肢窝。他也歪掉了，和我一起栽在米缸里。他的眉毛掀了一下，说，好玩！他一说话，嘴巴就吹起了小风，刮在我脸上。我不讨厌风。风会唱歌。李桥会说话。

　　李桥说，一定有宝藏！他的手在米缸里摸啊抓、寻啊找。米缸是海洋，海底暗流涌动。忽然，米粒的海洋被劈开，一只手伸过来，抓住了我的手。海面风平浪静。我看见吊扇竖在左边的墙壁上，像一朵大铁花。好安静。我的目光偷偷从吊扇上移过来，看见了李桥。他的眼睛黑溜溜，有光在闪。他笑了，没有声音，他缺了一个门牙。

他的脸上没有三角形。真好看。

每天下午一点过三分，太阳在屋里画下六个长方形，李桥就来了。他把积木抱来玩。我用积木堆房子，他撕了书，叠成大宝剑，把房子砍成废墟。他一边砍，我一边堆；我一边堆，他一边砍。

李桥给我一根冰棒。冰棒是长方形，冒白汽，像窗外的烟囱。白汽很凉，落在我的手上，冰冰的，会滴水。

李桥说，你吃啊，哎呀化了。你看你的手，裙子上也是。他把冰棒夺过去，吸溜冰水，拿纸擦我的手板心和裙子，冰棒杵到我嘴边。他说，咬一口。

冷气钻进我鼻子里，我哆嗦一下。

他说，张嘴巴，啊。

我说，啊。

他把冰棒放一点儿到我嘴里，我咬一口，好冰！我抓着拳头，缩起脖颈儿，眯眼睛，跺脚板，哆嗦的冰块在嘴里慢慢融化，释放甜甜的奶味，我嘎嘎笑，兴奋地在凉席上跑来跑去。

他说，好吃吧。

我开心，满地跑。冰块化完了，我又去咬一口，满地跑。

他说，你是陀螺吗？

我说，多螺！

他说，过来，再吃一口。

我过去再咬一口。

有一天，李桥不来了。我问爷爷，李桥呢。爷爷说，暑假过完了，他要去上学了。我说，哦。过了很久，我又说，上学是什么？爷爷说，上学就是和很多很多小朋友一起玩。你想去吗？我摇头。我不喜欢很多小朋友。他们会让我尖叫。

爷爷说，青青，爷爷带你去个地方。

秦老师的家在园丁小区大院里，那是一栋有三个小长方形组成的大长方形，秦老师的家在一号长方形的三楼。他们家很大，有三个房间、两个厅。是我们家的三倍大。他们家拿一个房间专门放书，一屋子都是书。

秦老师坐在那个全是书的屋子里，冲我笑。他的眼睛像两个三角形，我不喜欢三角形，我害怕，抱住爷爷的腿。秦老师还在笑，说，青青你认识字吗？我不看他，咬着手指。他翻出一本彩色的书，说，把你认识的念出来。爷爷拉着我走过去，我说，一……只……口……了……水……它……石……没有了。

你好笨呐，这么多字都不认识。一个男孩站在门口说，他吸溜着AD钙奶。我把爷爷的腿抱得更紧了。

秦老师说，秦之扬你给我滚出去。

秦之扬

四月四号那天下午，我坐公交去大伯家。我上大学那年，江城的公交车换了面目。以前由小客车改装，路边竖个铁牌子就是站台。后来统一换成正规公交车，有司机驾驶间、投币筒、行李放置处、拉环、轮椅处，敞亮又气派；连公交站也建起了站亭，家具城的广告铺在亭上。

一上车，我发觉公交司机有点儿眼熟，确认一眼，是吴润其的爸爸。不过他不认识我。不是上下班时间，公交上没什么人。我坐在靠前门的座位上，想着要不要问他吴润其的联系方式。十年前，我加过吴润其的QQ，但她高中毕业后QQ停用。现在我们这个年纪的人，用微信的多。我还在人人网上找过她，可我不知道她考了哪个学校，网上叫吴润其的有九百多个。再说，人人网后来也倒闭了。说起来，当年我们四个也是一起筹谋过大事情的人，事关生死。没想居然杳无音信了。不过就算联系上，也难以热络。说到底，没那么熟。

我的站快到了，再不跟司机开口，没机会了。要停站了，开口吧。我操你妈的×！司机突然刹车，冲着车门方向破口大骂，你赶着去火葬场吧，捅你先人！一个横穿马路的人跑到路边，回头冲车里骂，老子操你祖宗！司机拉上手刹，指着他，你跟老子过来！那人不过来，隔着老远对骂。我头顶着骂声下了车，走开老远了，骂声不绝，回头一看，路人围得密密麻麻，全在看热闹。

江城这地方，人像炮仗，一点就爆。我就不该请假回来。罢了，十多年不回老家过清明，这次只当好好给爷爷上个坟。现如今，也只有我能给他挂清明吊子了。毕竟我妈不会去，我爸去不了。

我的父母都是教师。母亲张秋苇是江城重点高中市三中的重点班班主任，全国特级教师，省正高级教师，证书奖杯摆满书柜。津贴奖金补助更是不在话下。我父亲秦正宇是市特殊教育学校的老师，负责残障儿童、自闭症等精神疾病儿童的教育。特殊教育是一块被正常人遗忘的角落，他的工作和奉献也无人问津。所有奖励都是精神上的，物质上没有。

母亲是土生土长的江城青桐县人，祖上是地主，她爷爷的爷爷是清朝的秀才，据说阅书万卷。上世纪六十年代，家底没了。她爷爷说，金银钱财乃身外之物，贼偷得走，土匪抢得走，败家子孙花得尽。只有墨水装在肚子里头，任凭谁都拿不走，到死了也跟起你。高考恢复后，我外公三个儿子两个女儿，只有我母亲一根独苗会读书，门门功课拿一百。外公对她寄予厚望，什么种田插秧挑粪拾菜，全落在另外四个孩子头上。三个舅舅和一个姨妈怨气冲天，我外公说，你们这群眼皮子浅的家伙，我们家出一个会读书的，以后飞黄腾达，你们还怕沾不上光？我二舅舅说，张秋苇你要考不上清华北大，对不起我这些年捡的鸡屎！

母亲不知是心理压力太大还是别的，考砸了，别说清华北大，北京的学校边儿没摸上，在省城读了个师范大学。外公让她再试一年，她受不了几个兄弟姊妹的白眼，背着一床棉被去了省城。她学习刻苦，成绩优异，以为毕业分配工作能留在省城，不想同班几个本地学生托关系占了坑，她被分配到江城第三高级中学。作为江城三中学历最高的新老师，她很受校长器重，第一年就当了班主任。她讲课新颖，深入浅出，学生喜欢她，成绩也提高快。工作这事是个循环。反馈越好，越有成就感，越琢磨付出，反馈就越好。

张秋苇一门心思扎在教育事业上，忽略了个人问题。她带的学生从高一到高三，跟种稻谷似的收了两茬了，她才发现自己还没开花结果。学校男老师少，大都就业时已携家带口。那时江城上过大学的不多，到了这年纪还没结婚的更是没有。后来连校长都急了，四处张罗，给介绍了特殊教育学校的秦正宇。秦老师是江城本地人，读的师范中专，学历虽然差了她一点儿，也比绝大多数人强多了。张秋苇不想拂校长的面子，夫相了亲。

相亲地点在江景山公园。那天，秦正宇穿了衬衫西裤，头发打了摩丝，梳得油光水滑。张秋苇一身碎花衬衫，扎在牛仔裤里。两人站一起挺般配。初次见面，张秋苇话不多，秦正宇说要教她手语，一边学手语，一边走到了山顶上，长江像一卷青色的地毯铺在天地间。天高江阔，张秋苇忽然问，你最喜欢什么书？秦正宇答，《约翰·克利斯朵夫》。张秋苇笑了一下。这段姻缘就成了。

秦正宇踏实可靠，爽快开朗，尊重女人，干家务不含糊，还烧得一手好菜，张秋苇觉得他和校长说的一样好，只一点他撒了谎，他根本没读过《约翰·克利斯朵夫》，结婚后的十几年也一直没读过。

都说严父慈母。我们家是反着的。秦正宇是我的爸爸，张秋苇是我的家庭老师。我在上学前班之前会读会写三百个汉字，背得所有常见唐诗宋词，还背得英文字母表。哪怕当时小学根本没有英语这门课。

我除了写学校布置的作业，还要写她布置的作业，读她规定读的书并写读后感。她一声令下，我严格执行。不然就吃藤条炒肉。她教育我要强大，只有强大的人才能成功。抵抗零食游戏漫画书的诱惑，这是强大；不坚持，懈怠懒散，这叫意志力软弱。

小学三年级暑假，我想去楼下玩弹珠，但《窗边的小豆豆》还没读完。她非让我读完，楼下的小伙伴不会等我呀，我把书扔在地上。她让我捡起来，我不捡。她拿出经常抽我的藤条，逼我捡起来。我知道藤条抽在身上是什么滋味，可我死活不捡。我要反抗。我说，你是个大巫婆！

她狠狠地抽，狠狠地打，藤条打断了，我手臂上血痕斑斑。她扔下条子，又抱着我痛哭起来，说，扬扬，妈妈也是为你好啊。不好好学习，考不上好大学，你以后会苦一辈子的。扬扬，你这么聪明，这么好的苗子，你要是松懈了你会后悔的。妈妈打你，妈妈比你更疼啊扬扬。

她又没挨鞭子，她怎么会比我更疼呢？可她哭得伤心欲绝，那她一定比我更疼。我也哭了，说，妈妈，你别哭，我以后一定听话。

我哭得就好像是我拿藤条打了她一样。

我爸爸的教育方式跟张老师不同。我爸说，教普通孩子跟教特殊孩子是一样的，都需要耐心，需要关爱，需要信任和自由。张老师不听他那套。秦老师拗不过她，于是给我奖励——放风筝，抓鱼，钓龙虾……我童年里为数不多的快乐记忆都是他给的。

初中我考到实验中学重点班，竞争压力骤增，我不习惯上课节奏，第一次期中考试没考到期望的名次。张老师拿到成绩单之后，说，现在知道钢是铁打的了吧，比你优秀的人多得是，你不努力，以后连三中都考不上。

我爸把我拉出门。我们一直走，走去长江边，看见采沙场的货车载着江沙远去；看见夜幕渐沉，汽渡轮船靠岸。

我爸说，扬扬，你看，那个开货车的，那个挑菜篮子坐船回去的，那个开轮渡的。他们跟我这当老师的，没什么两样。天亮了起来工作，天黑了下班回家，一样赚了钱，吃喝拉撒，养活一家人就够了。扬扬，你要是想去开轮船，开货车，都不要紧。但你要是不想，你想干些别的，你得很努力。这不是为你妈妈，是为你自己。因为你聪明，有天赋，我和你妈妈才把你逼得紧，更不想你浪费了。

那时我想，做他的学生一定很幸运。如果他一直是这样的父亲就好了。可惜他不是。

在父亲和教师这两个角色的另一面，他还是个伪君子。他猥亵了他手下的四个残障女学生。

第二章

吴润其

上大学后，我就不用高中时的QQ号了。我买了属于自己的第一部手机，申请了新号。不需要断舍离，我原本就没什么朋友，一切都是新的。

大学也不容易。我和同学保持着礼貌的距离，相处融洽，无法更亲近。大概是我的原因。我们上的课，读的书是一样；我们用的东西，穿的衣服是不一样的。刚开学不久，班长发了家庭调查表。我就不明白了，为什么已经上了大学，离开江城，这张小小的表格还能一路追来。

每逢升学，学校必发家庭调查表。高三的学籍档案更缺不了这张纸。要填写家庭情况，父母亲的姓名年龄职业和家庭住址。我父亲叫吴建国，母亲叫王菊香，是他们那年代最常见的名字，看得出出身农村，没有任何文化素养，跟地里每年到了季节就自然生长的杂草一样。爸爸的职业是"公交司机"，妈妈的职业是"宾馆职工"（我不知道这算不算是种明确的职业）。家庭住址是"江边采沙场旁的一栋小筒子楼"。

老师问，吴润其，宾馆职工是什么，是前台、收银、大堂，还是经理？我不说话，心里想，职工就是职工，你管那么多干什么？后排的同学叫嚷，她妈妈在迎宾招待所洗床单！哄堂大笑。老师说，笑什么笑，清洁工也是光荣的职业！小学没学过《温暖》吗？周总理握住了清洁工人的手，都没学过？

大家不笑了。安静比大笑更可怕。我真羡慕老师，他活在理想又美好的课本里，他的笑容像书页里的插画一样和煦。老师把教室里的安静当作是受教，满意地在表格上划改，说，职业是保洁员。地址，吴润其，采沙场旁的一栋小筒子楼这不叫地址。教书信格式的时候不是说过吗，地址要先写省份和城市，再写市区和街道，最后写哪条街几号。回去查了几条街几号再来告诉我。这是要放进档案里跟你一辈子的。

查也没用。我们家没有街道名，没有门牌号。它就是江边采沙场旁一栋白黄黑三色交杂的筒子楼。它原本应是白色，孤零零站在江边，风吹日晒，外墙跟人的皮肤一样白嫩不再，开始泛黄，起皱，防盗窗的铁锈是大片大片的老年斑。它是一个被时代抛弃的老人，身体内部还在缓慢运作，苟延残喘——拾荒的老人；挖河沙的苦力；清早挑着担子去街上卖发糕的大伯，他蒸的发糕香喷喷，整栋楼都闻得见清米香；骑着永久自行车走街串巷唱着"收破铜烂铁嘞……"的大叔，他嗓子一喊，唱曲儿一样；夏天做冰棍冬天熬麦芽糖摇着手铃满城骑三轮的婶子，她说江城的小孩儿听见她铃铛声口水流三尺长；还有客运站门口租了小铺面修自行车的大爷，跟他挤一家铺面守着缝纫机给人补衣服修鞋钉鞋跟的大妈。

谁都不知道家在哪条街几号。又有什么关系？江边采沙场旁就这一栋楼站在小丘上，清清楚楚，明明白白。轮渡上过江的人一眼看见它，就知道快到白筏渡口要准备下船了，这怎么就算不得地址了？

可是，我同桌英子的表格上，家庭地址写着："江城市沿江区春和大道121号交警支队家属院5号楼301室"。一个标准的教科书般的地址，写在卷子上能得满分的地址。也是一个让邮递员省心的地址，一看就很完美，不给投递添麻烦。可见书本里教的是对的。对了，她的邻居没有拾荒老人、苦力、货郎、修理匠和裁缝，她的邻居全是警察。

那天中午，我和她一起坐公交，好巧不巧，碰上我爸的班车。车上坐满了人，连油箱盖子上都没位置了。那一年，江城的公交车还不正规，由小客车改造，除了油箱盖，还有副驾驶位呢。我爸看见我和英子了，对副驾驶上的男学生说，你让一下，给那个丫头坐。男学生自然不乐意，说，凭什么，我先坐的。我爸提高音量，那是我家丫头。男生不悦地回头看一眼，说，两个女的，哪个是你丫头？我爸笑眯眯地说，英子，你过来坐。我面无表情地跟着车身摇晃，英子摆摆手，推我，说，其其，你去坐。我不动。我爸说，英子过来坐啊，别客气。那个男生起身了，他个子很高，弓着腰从油箱盖子上踩过，把坐在那儿的三个学生拨弄得东倒西歪。我后来知道，他是李桥。他看了英子一眼，笑得挺奇怪的，说，你是他丫头？英子很尴尬，没答话。他到站，跳下车。我不肯去坐。英子见又有人上车，怕位置被占，只好过去坐下。

我爸开着车，心情不错，春风满面，一副在家里绝对见不到的面孔。他问英子最近学习怎么样，模考成绩如何。英子说，考了五百一。我爸大声说，不错啊，我家吴润其要是有你一半乖就好了。英子说，吴润其也考得可以。我爸说，还是不行，差了点儿。我爸又问，你爸爸还是一三五在新航运小区路口执勤吧，哈哈，上星期差点儿给我开了张罚单。最后没开。你爸爸心地好，睁一只眼闭一只眼，我就没见过你爸爸这么为民服务的当官的。吴建国同志滔滔不绝地表达着他身为劳苦大众，一个挣辛苦钱的平民，对女儿同学的爸爸高抬贵手的感恩戴德。他不知道他的笑，他的话，有多谄媚。我的脸皮又烫又辣，不是自己的，掉在公交车上，滚来滚去，撞得稀烂。我顾不得捡，一到站就逃命似的要冲下车。可他在开车门之前，回头，目光准确找到了我，他手里拎着家里的饭盒，说，吴润其，带回去给你妈妈洗。

我抱着空空的不锈钢饭盒，迎着江风往家走，走着走着，突然大哭起来。可我不能哭太久，我看到妈妈从山坡上走下来了。她是来站台这边收饭盒的。见了我，她说，今天巧了，碰见你爸爸的车了？我不作声，把饭盒递给她。她酸笑着说，你又省下一块钱车费，赚了吧？我要赚钱有你这么容易就好了。我把一块钱砸她手里，说，给你。她说，哎哟，你这娇小姐脾气，跟你爸一样，回家就没好脸色，我前世没有欠你们吴家钱呀。你看楼下刘妈的丫头，一放学就到裁缝店帮刘妈打下手。你说成绩成绩比不上别人，说听话听话比不上别人，我命苦，摊上个不成器的汉子，又摊上个不成器的丫头。后半辈子没指望了。

闭嘴！我在心里喊。

爸爸开晚班车回家，带回来一颗灯泡，他把厕所里坏了一个世纪的灯泡给换了。妈妈给他煮面时打了个鸡蛋，顺带给我卧了颗荷包蛋，还破天荒地在我爸倒酒时没再埋怨酒钱。我埋着脑袋吃鸡蛋。爸爸很反常，很想跟我聊天似的，问我最近学习怎么样。我还没答，妈妈就插话，还能怎么样，她自己不争气，问也是白问。

我爸再次出人意料地没有参与"斗地主"，他开始扯东扯西，诉苦地说，晚上一个开宝马的别我的车。估计是个大老板，下车就骂我不长眼睛，砍脑壳的，万一蹭了他的车，看我赔不赔得起。

我妈妈气道，现在江城去外头挣钱的多了，跩得不得了，当马路是他们家开的，你骂回去啊，说你这龟儿子有本事开保时捷，开个宝马算鸟。

我爸说，我就是这么骂回去的，骂得我脑壳都晕了。

我不讲话。

我爸继续说，哎，我一肚子气，刚刚收晚班车，有个人在站台后边追车，我心里头烦，一踩油门就走了，装没看见，没等他。现在一想，我好像做错了，不该踩油门。要等他一下就好了。唉。

他很惋惜很愧疚很良心不安的样子。我还是不说话。

我妈怨气冲天，说，错什么错？就该他背时。晚班车几点开他不晓得？自己不赶趟儿，怪得了谁？

仿佛别人倒霉赶不上晚班车只得深夜走回家，让她很畅快似的。

我爸却执着问我，吴润其，你说你爸爸是不是良心不好？

我吃着最后一口鸡蛋。他找补地说，我现在其实很内疚，内心受折磨。

我妈说，哎哟，你一不犯法二不抢钱，良心好得很。我还巴不得你坏良心，钱都让坏良心的赚走了。

我爸抿了口酒，非让我给出个答案，他说，我确实一冲动踩了油门，吴润其你说这是不是良心不好，吴润其？

我吃完一整颗虚伪的鸡蛋，恶心透顶。我抬头，报复性地、斩钉截铁地说，是的。良心坏得稀烂。

我爸刚把酒杯端到嘴巴，被按了暂停键。他的眼神，竟然有些挫败可怜。我于心不忍，陡然觉得没良心的是我自己。被交警抓住，罚款两百块，他一个月工资就两千，他能有什么办法。开宝马的仗钱欺人辱骂他，他又能有什么办法。

老话说："儿不嫌母丑，狗不嫌家穷。"我嫌这个家又丑又穷。我连狗都不如。

我放下筷子回屋，我妈在背后抱怨，说，这个屋里头的人，个个当我是保姆，吃完就甩筷子，从来不晓得帮我抹桌子洗碗，我看她能享福享多久，等我死了她就知道了。

我的心冷冰冰的，拉开门出来，拿起碗筷。她又拦住，大声说，不要你洗，你搞不好事，洗不干净，你把书读好，我就谢谢你了。

我硬是把碗抢过去洗。她也气了，说，那么会装样子，过会儿把你爸的碗也洗了。我滴祖宗欸，你洗一个碗要倒多少洗洁精呐，就说了你不晓得搞事，废手废脚。一屋的人不叫我省心。

我心里一个声音大喊：闭嘴！你们都给我闭嘴！水管哗啦啦啦，我想变成油污冲进下水道去，冲进江里去，清净，自由。

　　就这么行动。

　　我从书包里拿出一支笔，走上公交车，坚定地走向最后一排靠窗的位置，准备写字，却见"我想去死！！！""我也是。"的下面多了第三个人的字迹：

　　"一起去死吗？"

　　我胸中翻江倒海，用力写下第四行字："去吧！"

李 桥

小学老师布置了一篇作文，题目叫《我的妈妈》。班上每个同学都说，我的妈妈是世界上最好的妈妈。真要那么说，出问题了。既然每个人的妈妈都是世界上最好的妈妈，那每个人的妈妈也是世界上最不好的妈妈。

我不知道评价妈妈的标准是什么。这不像买菜，叶子新鲜绿油油，是好菜，蔫了，烂菜；也不像评选三好学生，谁票数最多，谁最好。要是来一个世界最好妈妈投票，每个人都投自己的妈妈。

怎样才叫一个好妈妈？爱丈夫爱孩子，照顾家庭孝顺父母公婆，勤俭持家懂得奉献，维持家庭和睦，给孩子提供稳定的成长环境，为孩子牺牲，尽一切给孩子最好的爱、最完整的家？如果是这样，我宁愿没有一个好妈妈。

我父亲李康仁是航运公司的员工。他是个很负责任的汽渡轮船驾驶员。每天早上，他提前十五分钟上班，把轮船上上下下检查一遍，确保每颗螺丝钉紧紧拧在它应该坚守的位置上。他不酗酒，上班的时候清醒认真；他不说粗话，对乘船人耐心细致，开了十几年的船，没有发生过一次口角，没有出过一趟安全事故。

他是个仗义的朋友，村里的发小进城，他在屋里搭上行军床给他们住宿，供他们吃喝，直到他们找到工作了拍屁股走人。朋友有难，他慷慨相助，借钱借米。

他是个很好的邻居，对谁都和和气气，多一事不如少一事，碰上谁家起了矛盾，他第一个打圆场，劝人让一步，和气生财。筒子楼上上下下，没有一家人不说李康仁是个实打实的好人。

他不是一个好丈夫。他打老婆，往死里打。

我年纪尚幼的时候，很多事记不得。只依稀记得妈妈工作的服装厂倒闭后，她找不到工作，就背着我，胸前挂个大布兜，去建筑工地捡水泥和废铁丝。夏天正午，烈日炎炎，她不停地弯腰，起身，弯腰，起身；衣衫被汗水浸湿，散发着奶香。我趴在她的背上，往前荡，往后落，像在骑玩具木马。她捡的水泥和废铁换成钱，贴补家用，给我买玩具零食，买衣服鞋子。

很多个日子，她一边走，一边捡，一边给我唱儿歌，唱，池塘的水满了 / 雨也停了 / 田边的稀泥里到处是泥鳅……我在她的儿歌声里，醒了睡，睡了醒，看见高高的蓝天上白云飘飘。

她把家里收拾得整整齐齐，衣服洗得干干净净。她省吃俭用，给我买最好的书包，最帅气的衣服。她从来不说我父亲的坏话，哪怕她心里恨他。她总是把一切藏得很好。她说李桥，你爸爸是个好驾驶员，仗义，讲公德，不害人，是个有良心的好人。她从来不说，他对她有多狠毒，他是个魔鬼。她把伤痕藏起来，只对我微笑。

我能记起的最早一次，是读小学二年级。有天晚上，爸爸没有回家吃饭。那时没有电话，寻呼机没人回。妈妈很担心，八九点的时候，她出去找他。我和夏青在家看电视，我记得那个电视剧叫《汉宫飞燕》。一个古代的美女踩在碗上跳舞，她身轻如燕，长袖飞舞，地上的瓷碗纹丝不动。我和夏青看呆了。

突然，楼道里传来轰隆隆的响声，什么庞然大物在楼梯间里横冲直撞。夏青很兴奋地从小板凳上跳起来，拍着手叫，有台风！我说，不是台风，笨蛋！我们竖着耳朵，听到了男人的咒骂声和女人的嘶喊声，凄惨无比。哭叫由远及近，像鬼怪奔袭而来，敲打门窗，两道人影撞在窗棂上，灰尘扑簌簌下坠。我和夏青同时闭上了嘴，惊恐地盯着大门。那道门摇摇欲坠，突然被一脚踢开，夏青尖叫起来。她的尖叫声被另一个女人的尖叫声淹没。我不认识他们！两个陌生人闯进家里，叫李康仁的那个陌生男人是一头野兽，他拖着一只脚，是个女人，倒在地上，衣衫被一路的拖拽折磨得肮脏皱乱，像缸里被人踩了几千脚的咸菜。她披头散发，手上挂着泥土，垃圾，煤灰，被一路拖进屋。她双脚乱蹬，又哭又喊，李康仁用开她的脚，抓起一把木凳子砸她身上，凳子打断了一条腿。女人要爬起来，他一耳光甩在她脸上，一耳光接一耳光，像铁匠在打铁。被打的铁上下通红，毫无还手之力。她的脑袋像只固定在脖子上的皮球，打得转来转去。他吼叫，老子打死你个婊子养的，我在朋友家吃饭，你找去干什么？叫你不给老子面子！

他吼着骂着，抓住她污糟的头发，提起她脑袋往墙上撞。哐！哐！哐！响声悚然，头骨砸在墙上，要把砖头砌成的墙壁撞碎，撞倒。

不要打啦！我看见自己像只瘦小的猴子，围着高大的父亲直跳，拼命地叫，不要打妈妈！别打啦，爸爸你别打啦！父亲的影子拉成一个巨大的扭曲的黑色阴影，覆盖在地板上、墙壁上、窗户玻璃上、天花板上。黑影充满了那个狭小的破败的房间。

隔壁马奶奶循声而来，叫，李康仁呀，不能再打啦，再打你姑娘要没得命啦。邻居纷纷来拉劝，我和夏青站在墙角，惊魂未定，不敢靠近。隔着大人们晃动的身影，我看见妈妈坐在小板凳上，哭得身子弓成一只虾米。她没被打死，她还活着。

李康仁，我不跟你过了。她哭道，我不跟你过了。邻居们都劝，就这么点儿小事，不至于。我昨天跟老王吵架，还抄刀要砍人呢。过日子哪个没有磕磕碰碰？

李康仁多好的人，我看他是个好人，一时糊涂，让他给你赔个罪道个歉。

你是不是惹他了？你下次注意点儿嘛。

别家也都打，谁家不打老婆啊？不打老婆，这苦日子可怎么过。

你不冲大人看，冲伢儿看，你屋里的李桥生得多标致啊。这么小你要他没了妈？

她突然朝我看过来，眼神穿过不知道谁的衣角，她的眼睛红红的，充满血丝，像一只兔子。我惊恐地看着她。她说，我把李桥带起走。

想都别想！李康仁怒吼，我李家的儿子让你带走？发梦！

她眼里泪水滚滚，拨开众人，冲出门去。

妈妈带我！妈妈！我看到那个小男孩恐惧地大哭，跑到门边，被李康仁抓住手臂，甩到凳子上，像甩一个小沙包。他从凳子上跳下来，撕心裂肺地哭叫，冲出门去。夏青跟着他跟跟跄跄跑。楼道里黑黢黢，没有光，像一口通往地狱的井。他很怕，怕黑，怕鬼，怕再也见不到妈妈。他张着嘴巴号哭，夏青拉着他的手，摸摸索索下楼梯。夏青一边走，嘴巴里一边发出呜呜的像风的声音。他们跑到江堤上。世界黑暗一片，是黑色的海洋。江风呼啸，鬼哭狼嚎，他哭得更大声了。他在大堤上深一脚浅一脚地走，哭号，妈妈！你回来，妈妈！

江堤外，浪涛拍岸；风声淹没了他，黑暗将两个小人吞没。

他们一直走，一直走，走去黑暗的尽头。突然，男孩看见妈妈的影子站在前面，像在等他，又像要被无边的黑暗吸走。他飞奔过去，她蹲下来，将他紧紧抱在怀里，号啕大哭。

他说，妈妈你不走，不要甩掉我。她说，李桥，我不走。我永远不可能不管你。

后来，我想，如果我能长大得更快一点儿就好了，就能保护她了。

既然不能，那我很后悔。那天我为什么要追出去，为什么不让她走？她要走了就好了，就不会在这个家里痛苦地又熬了三年之后自杀了。

夏 青

郑警官走了。我走出活动区，穿过走廊，溜回我的小房间，锁上房门。我的心怦怦直跳，我拉开衣柜，李桥看着我，笑了。我捉住他的手，他的手很凉，他身上有薄荷糖的香气。我们走路很小声，一起坐到床上。我从口袋捞出藏了一路的苹果和蛋糕，说，你吃。他把它们放到桌子上，说，我不饿。我说，那好吧。我和他趴在窗边，窗外一片绿色，像窗帘。楼下是疗养院的小花园。李桥说，今天几号？我说，四月四号。你要不要去给妈妈上坟？李桥说，不去。人死了，就不要牵挂了。我说，你死了，我会记挂你，一直。李桥说，还是忘了好。我忽然很难过，一滴眼泪掉下来。我说，不。他摸摸我的头，说，我说错了，好不好？我说，好吧。李桥笑了，手臂箍着我的肩膀，他闻起来像窗外的枫树。他说，吃不吃薄荷糖？我吃了一颗薄荷糖，又开心起来。我说，我想起你，就吃薄荷糖。他说，下次多抓一把给你。我说，好。你什么时候走？李桥说，你想我什么时候走？我说，我想你不走。

风来树动，窸窸窣窣。李桥说，青青，我在外头飘荡的时候，一起风，就想起你。我说，我知道。你上次说过了。李桥说，那我再说一遍。

我喜欢风。

风会唱歌。它会轻轻地唱，树叶沙沙，白纸跳舞，唱欢了，屋里的塑料袋也跟着唰唰地响；它会生气地唱，吼，窗户咣咣咣敲鼓；它还跟雨一起唱，滴，答，呼，啦，滴滴答答呼呼轰！我也会唱歌，我跟着风学。呜呜呜，呼呼呼，哗哗哗，啦啦啦，吼吼吼。

我有很多听众。有八十九粒白米，站在小木桌的桌边上。它们站成一条线，随时准备从桌上跳下来。后排站着二十颗飞行棋棋子，红色和红色的站在一起，蓝色和蓝色的站在一起，还有绿色和黄色，他们从不站错，也不站歪。

我还唱给爷爷听，但他听不懂。我的话他都听不懂。他的话，我也听不懂。他说话就像熏艾草时一样呜呜哇哇。

李桥是第一个听懂我唱歌的人。

我趴在窗边唱歌，呼——呼——呼——

李桥说，你在学风吗？

我唱，呼——呼——

李桥从他家里拿来一个盒子，从盒子里拿出一个奇怪的东西。一根草绳子系着圆圆的铁片，铁片周围又挂着四个细小的铁棍棍，中心一根长线，吊着一片白色的羽毛。

李桥说，你见过吗？这叫风铃。

我点头，说，风泥。

李桥说，你是个憨包，话都说不好。风！铃！

我也吸一大口气，鼓起胸膛，握紧拳头，大声，用力地喊，风！宁！

他满意地点头，搬两个小板凳放在窗边，他踩到一个小板凳上，我踩到另一个小板凳上。我们趴在窗台上，把肩膀和脑袋伸出去。风吹来，清清爽爽。哇，我从来没有见过筒子楼的背面，数不清的竹竿，许多人家的衣服晾晒在窗外，像飘扬的小彩旗，真好看。楼下是一小长条荒地，长满杂草，看着有我和李桥那么高，要是我们掉下去，就掉进了森林。有的草结了很多小小的红果子，李桥说那是蛇果，说明草丛下头有蛇。墙角还有牵牛花，小喇叭爬上院墙，院墙上沾满碎玻璃，在阳光下闪闪发亮。谁要去爬，就会被划出血。但牵牛花不怕碎玻璃，它开得可漂亮了。院墙外是一条臭水沟，岸边的垃圾堆走进沟里，沉进去，时不时从绿油油的水面钻出来，苍蝇乱飞，有只癞蛤蟆在水里游；垃圾走上岸，堆到另一条岸上，被沟那边高高的院墙堵住去路。那头院墙外，是炼钢厂的厂房，巨大的烟囱把天空劈成两半，烟囱口正在朝天吐白烟。

我也张开嘴巴，哈了一大口气。可是，到冬天我才会吐白烟，夏天不行。烟囱很厉害，它夏天也能吐，天天都能吐白烟。我不喜欢它的白烟，很臭。

李桥手上提着风铃，他把整只手臂伸出窗外。我不敢，我抱着窗台。风铃一动也不动，只有那片白羽毛在飘。他好像在表演魔术。我是一个很好的观众，我一直盯着风铃。

他说，刚才都有风的，现在怎么没有了？

我说，刚才啦啦啦啦，啦啦啦嗯没有了。

他说，你不要学我说话。

我说，哦，不说。

他说，你不要盯着它看，就是因为你看，才没有风的。

我说，为什么？

他说，风都被你吓跑了。

我把脑袋扭过去，拿眼角偷偷地看。就看见他恶凶凶地瞪着我。我只好又转过去，眼角都看不到啦。

等啊等。咝——微风来了，吹得头发在我脸上挠，好痒，风变大了，丁丁丁——零零，丁零当……

风铃摇摇晃晃，撞成一团。原来风铃是风的乐器，它用风铃弹奏出最美妙的音乐，羽毛还为它旋转伴舞呢。真好听呀。我跟着唱，丁丁丁——零零，丁零当……

李桥瞪圆了眼睛看着我，说，夏青，你记得住风铃的声音？

我不知道。

他把风铃拿近了，抓住羽毛用力摇晃，这下，风铃又撞起来，冬丁丁，当当当当，零零零。

我觉得，他弹奏的，没有风弹奏的好听。但我还是跟着唱，冬丁丁，当当当当，零零零。

他又晃一晃，零零当，丁丁冬冬，丁丁零。

我又唱，零零当，丁丁冬冬，丁丁零。

他兴奋地说，我们要发财了！

他从小板凳上跳下来，我也跳下来。他一手拿着风铃，一手牵着我下楼，挨家挨户敲门。不管碰到大人，还是小孩，他都骄傲地说，你摇一下这个风铃，夏青可以学它唱出来，一模一样，你信不信？不信你试试，要是她唱出来，你就给我两角钱。要是唱不出来，我就给你五角钱。怎么样？他从口袋里掏出五角钱摇了摇。第一个小孩摇了风铃，第二个小孩，第三个大人，第四个小孩……

李桥蹲在地上数钞票，他赚了六块钱，分给我三块。我捧着一堆一角两角的钞票，觉得我是个富翁。

我说，发财了。

李桥说，明天我带你继续发财。我说，好。

他走了，把风铃挂在我家的窗户上。夜里，我睡在床上，听见风在弹奏，丁零零，丁零零，丁丁零零零。还是风弹得好听，比大家摇得都好听。

第二天，我吃完午饭就坐在小板凳上，等着李桥带我去发财。但李桥不去发财了。他说，我妈妈说再去就把我屁股打肿。

好吧。我可不想他的屁股被打肿。

李桥很听他妈妈的话。他妈妈说要对人有礼貌，不能学脏话，不能打人。李桥跟我说，他只对好人礼貌，才不对不喜欢的人礼貌呢；不好的人，他不喜欢的人，他就翻白眼；他还偷偷说脏话，不让他妈妈听到；但他不打人。他说，妈妈最讨厌打人的人，只有没本事的人才打人。

不过，李桥不记得了呢，他也打人。

我蹲在空地上，把弹珠塞进土里，摆成五角星。住在三楼的亮亮跑过来，抠我的弹珠。我摁着弹珠不给他，我尖叫，他捂着耳朵站起来，把我推坐在地上，拿小石块小泥块砸我的脑袋，说，你是个宝器！是个憨包！

李桥冲过来，像电视里的黄飞鸿一样，飞起一脚把亮亮踹翻在地上。李桥指着他说，你是一头猪！你比夏青笨一千倍！

李桥打人了，李桥的妈妈没有打他，李桥的爸爸打他了。我听爷爷说的，爷爷再也不让我去空地上玩了。我只好坐在家里玩弹珠，可地板是水泥地坪，弹珠抠不进地里去。很快，暑假过去了，李桥去上学了。一直等到快冬天了，他才来找我玩。

他给我看他的课本，我看不懂。

我说，你爸爸打你，疼不疼？

他说，啊？什么时候啊？

他早就不记得了。

李桥的爸爸不仅打李桥，还打李桥的妈妈。爷爷说，男人打女人很正常，但我不喜欢。我很害怕有人打架，如果我看到了，我就会尖叫。我觉得，还是像我这样不正常的想法更好。

我说，爷爷怎么不打我？

爷爷抱着我，拿他粗糙的脸贴贴我的脸，说，青青是爷爷的心肝宝贝，爷爷怎么舍得打你呢？

那一定是因为，李桥和他的妈妈不是李叔叔的心肝宝贝。

爷爷说，不管他们家的事，日子都是这么过的。青青，你要去上学了。

爷爷送我去上学。我不喜欢秦老师，他的眼睛是三角形。爷爷一走，我就尖叫。爷爷就说，有没有别的老师？特殊学校里有个姓徐的女老师，眼睛圆圆的。我喜欢圆形。爷爷把我交给了她。

我也能上学了。一上学，我们就搬家了。我把李桥的风铃带着。

我说，李桥，你放假了找我玩。

李桥说，好啊，你住在哪里？

我说，12路车，终点站，对面。

李桥没有来找我。我有几次想去找他，但我不敢，我不敢一个人坐公交车。街上的汽笛声，嘈杂声，让我害怕。我试过一次，自己走去，走到客运站，大客车小客车挤在马路上，水泄不通，像巨大的钢铁怪物扯着嗓子叫。售货员大喊，你让一下！让我先掉个头！司机喊，老子先出来的，你怎么不让老子？乘客喊，等一下！等我上车！小轿车不停摁喇叭，走不走的啦？骑自行车的回头骂，催你先人！

我在原地打转，不敢呼吸，晕了过去。

还好，我喜欢上学。我喜欢看书，看好多好多的书。我们学校没有讨厌的小孩。我们学校的小孩都很特殊，爷爷说，特殊就是特别的意思。他们有的看不见，有的听不见，有的不会说话，还有的不说话。他们都很好，从来不吓唬我，欺负我，也不说我是宝器。徐老师说我很聪明，她说她从来没见过看书能过目不忘的小孩。我不相信她的话。她还说苗苗很棒呢。苗苗是个每天都流口水的孩子，表格上说她是智力障碍，说我是天生自闭。苗苗说1+1=2，徐老师说她是个天才。所以我不相信徐老师。可是，我也不知道别的小孩是怎么样，我们这里没有像李桥和亮亮那样不特殊的小孩子。为什么李桥不是特殊的小孩呢，我觉得他是特殊的。我想，如果李桥说了，我才相信。

李桥不会说谎的。虽然他没来找我。

秦之扬

我们江城习俗，清明上坟挂吊子，要在清明前三天内，不能等到清明当天。说是当天地府里的鬼官出来上班，收亡人的钱财。收够了钱，这一年在地下就能过舒服日子，吃香喝辣。不提早烧纸钱，亡人拿不到，就来不及上供了。过了清明，亡人必得责怪不肖子孙，让他头疼腰酸，浑身不爽。

今年五号清明。四号下午，吃完中饭，我和大伯一家去公墓给爷爷上坟。堂哥在前头开车，堂嫂坐副驾驶；我跟大伯伯妈挤在后座。可能看车里无人说话寂寞得很，伯妈问我，扬扬交女朋友没？什么时候请伯妈吃喜酒咧？

我说，工作太忙，没得时候谈。

堂嫂在前头说，是不是要求很高呀？

堂哥说，肯定要求高啊，不高我都不同意。扬扬从小就优秀，当年我们市状元考去的清华。

我呵呵笑，不知道该说什么好。堂哥你看不见，我也就只能在江城当个状元了。我妈妈这辈子都希望我吃得苦中苦，去做人上人。可天外有天，人上总有数不尽的人。就跟这清明烧纸钱似的，你烧一个亿，他烧一百亿；你明年烧一万亿了，他又烧一兆亿。想必地底下的鬼官也被人世间的攀比搞得头昏脑涨。不怕，我们还烧金条和银锭。

公墓外头，停车场堵得水泄不通。我们先下车，堂哥堂嫂去找车位。沿着四月的青色往公墓里走，得见近年的祭拜物可谓花样翻新，保时捷，大别墅，颜如玉，黄金屋。活着的人对死人没有要求，不求他读书争气，不求他做鬼官，竞选阎王；只求他好好享福，畅快过一回鬼生。

青烟阵阵，对面石阶上，有个短发女孩逆流而下，长得很像吴润其。我们隔着一排排墓碑，我正想如何走去另一条道上确认。大伯忽然说，扬扬，你今年去杭州看你爸爸没有？

我说，没有。

那人影一闪，藏在上山的人潮里，不见了。

他说，你放假就多去看看你爸爸，他很想你。

我说，嗯。

怕是看错了。多年不见，她具体长什么样，记忆该模糊了。

他叹气，说，你爸爸也是冤枉，又没有多大的事。他被学校开除，还坐了两年牢，够苦了。你妈妈真狠，硬逼得他不准在江城生活。

伯妈说，是啊，不然你爸爸开个兴趣班也好，硬是要搞得他妻离子散。没见过哪个女的这么狠。

我说，爸爸也是做错了事。

伯妈说，人活一辈子，谁不犯点儿错。他晓得悔改就行啊。

大伯说，不过说起来，多亏张秋苇把他赶走，他去杭州还过得好些，早些年抓住机会开公司搞了房地产。要感谢你妈，不然他现在发不了财。还有了新家，过得蛮舒服。

伯妈说，我是看扬扬造孽，不能一家团圆。她怜爱地摸了下我的头。

我说，我没事。给爷爷烧纸吧。

爷爷是被我爸爸气死的。

我读初三那年，我爸爸性侵女学生的事情败露。据说，有四个受害少女。我爸丢了工作，坐了牢。在我爷爷和大伯看来，这处罚太重。他们恨特殊学校，不肯赔偿受害者。我妈提出离婚，等我爸刑满释放后让他滚出江城，不准再靠近我。我爷爷是因为这事气死的。

那时候我是什么心情，不记得了。我的心情不重要。没有成年的孩子，不是一个人，是一个物件。就像大人认为孩子们没有腰一样，孩子们也没有心。

秦正宇这三个字是个很复杂的角色。他是一个好爸爸，好丈夫，好儿子，好兄弟；他是一个坏老师，坏公民。每个人身上都有很多个角色，这一个做不好，他或许还能是个好人；另一个做不好，就不一定了。我站在他好角色的一面，不知道该如何评价他。

张秋苇老师斩钉截铁给出了她的评价。她说，秦之扬，你爸爸是个彻头彻尾的人渣败类，垃圾流氓！

我大叫，你不准这么说！我要去找我爸爸！

她说，你初中要毕业了，还是非不分。你是不是要跟他一样当流氓？这要早十几年，你爸爸就是枪毙分子！他没脸皮在江城待，你要想以后别人指着你鼻子骂，你就跟他走。我看你还要不要脸！你自己想清楚你是想当老师的儿子，还是犯罪分子的儿子！

我甩开她的手往外跑，她又抓住我大哭，扬扬，妈妈也是受害者！你爸爸背叛了我，是他背叛了这个家。扬扬，妈妈这辈子的指望只有你了。妈妈命太苦了，你要是跟你爸爸走，你要是没出息，妈妈干脆死了算了！

我跑到楼道里，坐在楼梯上号啕大哭。我再也见不到爸爸了。我爱爸爸，我恨爸爸。我选择和妈妈一起生活，我恨妈妈。

我不想去上学了。爸爸的事，江城传开了。我受不了同学的目光。妈妈逼着我去学校。妈妈说，扬扬，你好好读书，考上三中就好了。只有好好学习，走出江城，你才能证明你和你爸爸不一样。你现在放弃，你就让那些笑话你的同学得意了。

我沉默，学习。

妈妈说，王聪骂你的事，我跟他班主任说了。以后谁再乱说，你告诉我，我去处理。大人的事你少操心，你不懂。孩子的首要任务是学习。你期末年级排名是不是后退了一名？

我沉默，学习。

妈妈说，高二分班选理科，文科没前途。

我沉默，学习。

妈妈说，你怎么有游戏账号？是不是偷偷打游戏了？打游戏的都是些不学无术的混子，你跟着他们近墨者黑迟早被带坏，你还想不想考好大学？还有几年高考？你怎么这么不中用，经不起诱惑，我的心思全部白费了！

我冲她嚷，你能不能让我喘口气？

她嚷得更大声，谁让我喘口气？我又要上班又要养你，累死累活我说过一声没有？你跟你爸一样是个养不熟的白眼狼！

我就丧气了。

我是我爸的儿子。我爸欠她的，就是我欠她的。

长大后的很多年，在梦里，我会回到当年的小房间，看着那个在夜里沉默哭泣的少年，想对母亲说，你能不能对他好一点儿，他还只是个孩子，而你是大人，你该比孩子懂事。

高三模考之后，我换了个新同桌。是个短头发的女孩，叫刘茜。

　　刘茜是春江镇蜀河乡人，是住读生，家境不太好，从衣着能看出来。刘茜的成绩在我们班中下游，但我们班是重点班，她考一本没问题。她很腼腆，没什么朋友，也不怎么跟人说话。我也不爱说话。上三中后，没几个同学知道我爸爸的事，但我已经不想和任何人交朋友。我们坐在一起，谁也不跟谁讲话。过了半个月，她递过来一张纸条，说，我能不能问你一道题，老师讲的，我还是不懂。我转头看她，哪道题啊？

　　我和刘茜除了讲题，不说别的。刘茜说她感觉复习来复习去，成绩也就那样了。可她还是想争取一下，怕我嫌她耽误时间。我说没事。我没有朋友，和她讲讲话也很好。

　　前排的女生穿了条白裙子。年级里很流行，我看到好多女生穿。刘茜问，这裙子哪里买的？真好看。前排女生说，真维斯的。刘茜问，多少钱啊？一百九十九。刘茜吓了一跳，小声说，天哪，一条裙子居然要一百九十九。我一个月生活费都不要这么多。

　　我本来没有在意。可有天去街上买鞋子，经过真维斯，想起刘茜一直穿着很难看的旧衣服，我买了一条裙子，也不知道尺码，就买了中码给她。她拿到裙子时惊喜得一张脸像在发光。

搞得我很不好意思，我发现她长得还是蛮清秀可爱的。第二天，她换上了那条新裙子，坐在我身边时，脸兴奋得红了。

一个星期后的上午，刘茜没来上课，我旁边的座位空着。前排的女生说，昨天住宿生上第四节晚自习，你妈妈来了，叫她把裙子脱下来，拿走了。哦，刘茜跟班主任说，她要换班。

我去张秋苇老师的办公室，见那条裙子挂在她的椅子靠背上。办公室里没有别的老师，我说，把裙子给我。

她脸青了，压低声音说，我回去收拾你。秦之扬你还敢早恋，还有几天高考你就早恋？什么时候开始的？

我说，把裙子给我。

她说，你用的是谁的钱？你自己这一身衣服都是我买的，我叫你脱下来你也得脱。

我于是把外套脱下来，甩在她桌子上；我把鞋子脱了，甩在地上；我拉皮带准备脱裤子，她冲上来打了我一耳光，说，你发什么疯？

她眼里又含泪了，她说，你还委屈？我才委屈！你太让我失望了。把你从小教育大，你就这么软弱，没定力。高三了你还谈恋爱，我看你没脸没皮，是个流氓，跟你爸爸一模一样。从小教你读书成才，你呢，脑子里一天到晚装的都是些乌七八糟的事。秦之扬我跟你讲，你以后长大就晓得了，你以后上社会吃了苦撞得头破血流了你就晓得了，等你到我这个年纪的时候，你就晓得后悔没听话，晓得你妈妈说的都是对的了。

听完她说了无数年无数遍的长篇大论，我忽然轻松了。我笑了一下，恶毒地说，我爸爸就是受不了你，才会做错事的。

她的脸骤然灰掉，人晃了一下，像是下一秒会垮塌。

我提着书包，光脚奔到大街上，冲上一辆公交车。我坐在最后一排靠窗的位置，随着车在城市里晃荡，太阳照得我眼睛疼，我看见前面座椅后背的广告纸上写着一行字："*我想去死！！！*"

我好像听到脑子里有人在喊，回音阵阵，我拿笔写上："*我也是。*"

第三章

吴润其

四月四号下午，我去了趟墓地。这又是个不明智的决定。我原本想撞撞运气，看能否找到李桥妈妈的墓。到了公墓才发现，扫墓的人太多，我要是一个接一个挨墓碑找，太引人注意。我沿着台阶走上墓山，又无功折返。

2009 年，我们四个人一起来过墓地，应该是四月末。

我们四个人凑在一起的时候，那景象看上去很奇怪。如果当时有路人经过，谁都不会认为我们四个是朋友。我们看上去太不一样了。

我知道自己的样子，娃娃头短发，含着胸，很不自信。穿着廉价的蓝白相间横条纹长袖衫，粗制滥造的印色不均匀的牛仔裤，一看就是学校里最不起眼的那种学生。

秦之扬戴着一副眼镜，人有些瘦弱，沉默寡言。他一身白衬衫，黑色的校服裤子上绣着三中的校徽，运动鞋上画着耐克的大钩钩。他头发不长不短，表情黯淡，眼神却有力，一看就是成绩很好的学霸脸。

李桥的头发很长，快杵进眼睛里，跟韩国明星一样染了一头杂毛。天气还有些凉，他就早早穿短袖了，黑色T恤上印着骷髅脸的爆炸纹。过分松垮的破洞牛仔裤像是两块布挂在身上。江风一吹，他跟个旗杆子一样。这旗杆子还抽烟，见我挤了下鼻子，他扭头把烟雾吐去另一个方向，烟扔在泥里踩碎，笑着说，不好意思。

　　他长得很好看，穿衣也酷，是学校里的那种特殊人物，让老师头疼却很受同学欢迎的刺儿尖人物，在好男生坏男生里都吃得开的人物，大部分普通女孩、没有个性的女孩只能张望暗恋，却知道不能靠近无法触及的人物。

　　夏青不是个正常人。我怀疑她有神经或智力方面的疾病。她走路的姿势很僵硬，站立的姿态很僵硬，说话的语气、表情也僵硬。她不是个正常人，更像个机器人。她双手紧张地捏在胸口，始终保持着微微偏头、目光下垂的姿势，不和我们任何人进行目光交流。哪怕抬起头，她的眼睛也是斜着的，永远看向没有人的角落。她隔一会儿，就机械性地挪动一下，通常是因为李桥移动了，她跟着他移动。有时在她挪动之前，李桥自己就不自觉走回到她附近。他们始终保持着不超过一米的距离。

我们四个，或者说三个，简短地交流了一下。

"我想去死!!!"是我写的。

"我也是。"秦之扬。

"一起去死吗?"李桥。

"去吧。"我。

交流完，沉默。

公交车后座上的情绪发泄是一回事，可眼下又是另一回事了。

我摸脑袋，手指梳头发，觉得很尴尬。秦之扬双手插在兜里望江面，一株白杨一样。李桥走到下风口去抽烟了。夏青是我们几个里最自在的，歪着头，不知道在想什么。

一艘货轮从江心驶过，嘟——嘟嘟——，船笛声从水面滚来。

"嘟——嘟嘟——"夏青学起了船笛。我很震惊，秦之扬的表情像是看见了狼人。李桥站在风里，吐着烟雾，在笑。他扭头问秦之扬，说，你为什么想死?

总算有人开口了。

秦之扬说，我讨厌我妈。

李桥说，我讨厌我爸。

我说，我讨厌我爸我妈。

夏青不说话，眼睛追着货轮走。

我们说完，短促地笑几声。笑完又是沉默。为什么讨厌，谁都没说。说了别人也不会懂。就像我不会理解在三中读书的明显家境不错的秦之扬。他们也不会理解我。我是个嫌家贫的可怜虫。我忽然沮丧极了，我怎么会跟这么一群人混在一起。我们谁都不了解谁，谁都不会理解谁。我煎熬地等着这次聚会散场，我再也不想见到他们了。他们每一个人看上去都比我好。我还以为找到了同伴呢，真好笑。

秦之扬说，你们有没有想过，死了，我们就再也不存在了。

李桥说，废话。

我突然很委屈，赌气地说，我不想存在了。

夏青说，我们本来就不存在，我们只是事件。

大家都没听懂。我问，她说什么？

李桥拿食指在太阳穴转了一下，说，她脑子有问题。

夏青的目光从江面移到李桥脸上，说，我脑袋没问题。

李桥说，我知道，我跟她解释不清楚。这么说最简单。

夏青点了下头，哦。

我再次觉得，这几个人很不靠谱。

秦之扬说，她的意思是，从量子角度看，我们只是一系列发生的事件的集合。比如我，我只是发生在我身上的所有事件的集合。

我似懂非懂，我只是事件的集合吗？我说，那如果我离开了，就是给所有的事件画了个终点？

李桥说，是。

那天我们决定一起离开。

秦之扬又说，那你们有没有想过，人死后会是什么样子？我们终结之后会是什么样子？

我不回答。他的问题太高深了。我很难理解。我想，果然是三中的学生啊。

李桥把烟头扔了，说，我敢肯定的是，我们死后，江水照常流。

那是我们在江边的初次见面，大家都不熟，说了很多奇奇怪怪好像哲学又好像幼稚的问题。对我来说，太难了。

可我很想和他们多说点儿什么，就问，我们会有墓碑吗？

李桥说，你们想不想去墓地看看？

我们一起去了公墓，是四月末。清明节插的吊子东倒西歪，瓜果祭品早被春季的雨水打得腐烂，被鸟儿啄得七零八落。原来，墓地在一年之中的大部分时候都冷冷清清，甚至是死寂。一块块墓碑整齐竖立着，像在站军姿的石块。不知道每一尊墓碑后边，埋葬着怎样的人的一生呢。

我们在墓地里漫无目的地走着。

始终沉默的夏青终于开口，说，为什么墓碑都是长方形，不能每个人有不同的形状？她说话没有语调，像机械地念读课本。她说，如果是一个老实敦厚的人，他可以用梯形的墓碑；如果这个老实敦厚的人，有小性格，他可以用不等边的梯形；酷一点儿，直角梯形；如果是个周到完美的人，他可以用圆形的墓碑。

李桥笑起来，那墓碑满山坡滚来滚去。

我们想象着那个场景，忍不住笑了。

好吧。夏青说。她两只手分别握成拳端在胸前，眼睛看着半米高处的空气，她完全不被我们影响，继续执着地充当墓碑分配员的角色，说，如果是一个特立独行棱角分明的人，那他可以用菱形墓碑；如果是一个正直奉献的人，他可以用正五边形星墓碑；如果规规矩矩，就用正方形；如果是一个傲气的人，就用四角星；如果是一个奸邪的人，他用三角形墓碑。

我问，为什么？

李桥说，她不喜欢三角形。

秦之扬问，你还没说，谁用长方形的呢？

夏青说，如果是庄重的人，那么他用长方形。

秦之扬看着漫山的长方形墓碑，说，死了的人都是庄重的。所以，都用长方形也没错。

夏青说，所以，是死亡本身，把他们一下子都变庄重了吗？哪怕他们生前不庄重。

没有人能回答。

夏青的话，总是让人很难回答。

我想起我二叔，他酗酒赌博，不务正业，醉酒掉进河里淹死后，大家又说，他是个好人，死了可惜。要是这么说，我死了之后，在对我各种不满意的父母心中，我会忽然变得庄重起来，变得有可取之处了吧。

我忽然激动了，真想立刻给我自己刻一块墓碑。我说，夏青，你喜欢什么形状？

夏青把头扭过来对着我，但她的眼睛不看我，说，我要正十七边形。

为什么？

李桥说，她喜欢高斯。

我想了想，说，高斯是那个从1加到100，5050的那个？

李桥说，应该是吧。

秦之扬说，你觉得我们应该用什么形状的墓碑？

夏青不说话。

我说，我们刚认识，还不熟啊。

夏青的手缩在胸前，慢慢松开，食指指了我一下，说，正方形。又指秦之扬，说，菱形。

她说得很对，我是个正方形，最无趣，最没有惊喜的正方形。

秦之扬摇头，说，我不是菱形，我一点儿都不特别。

夏青拿眼角看着别处，笃定地说，你是。

李桥说，你别跟她争。不然她要发疯了。

夏青看李桥，她似乎只能跟李桥对视。李桥说，我是什么形状的墓碑？

夏青说，我还没有想好。

我说，但是最终，我们都只有长方形的。我们都会很庄重地死。

夏青忽然不乐意了。她说，墓碑不好看，我不想要墓碑。

李桥说，我也不想要。这破石头有个屁用。

可我想要，所以我没说话。秦之扬也不说话，我猜他也想要。我于是看了他一眼，他的目光和我的对上了。我们都发现了对方的秘密之后，把眼睛移开了。

李　桥

我妈妈是投江死的，在冬天。搜救队打捞了三天，最终在下游的之江市境内把她捞起来。她盖着白布，我看不到她的脸。只看到她的手泡白了，险些和盖在她身上的褶皱白布融为一体，她羽绒服袖子上套着防脏污的小袖套。南方的冬天很湿冷，阴云密布，天空低垂，我站在萧瑟的江风中，骨头僵硬。

妈妈，你不冷吗？为什么不选择春天或夏天，至少江水温暖些。

是一艘拉煤的货船上的船员远远看见了她，报警来不及了。船上的人说，是很快速的事，看得出死了心要走，一眨眼就消失在水里，像江水轻易卷走岸边的泥沙。

站在我们家筒子楼六楼的过道上，我一抬眼就看见堤坝外那条细带般的长江。天空很低，空气阴冷潮湿的时候，我常常看见母亲的身影在江边，头也不回地往江心走。这时候，我会站到岸边，她的身后。她脚下的江水总是浑浊的，先吞掉她的小腿、大腿，再淹没她的胸腹、肩膀，只剩下一颗头在水面漂浮。那是她存活着的最后一部分。她还不后悔，执着地朝浑浊和死亡走去，仿佛着了魔的人，被牵扯去那个方向。妈妈！她听不见我在她身后的呼喊，她的脑袋也被江水收走，只剩黑色的长发像一把稻草悬在江上，无法溶解，突然一扯，那团头发也不见了，一小圈水纹很快被浪涛覆盖。一个人就这样彻底消失了。

我努力回想，最后的早晨，她像往常一样给我下面条，卧了个荷包蛋，我吃得满头大汗，她拿毛巾给我擦额头。同学在楼下喊，我急着背书包走，她揪住我棉袄后领，毛巾捅进去在我后背抹一圈，抓走一把热汗。她说，零花钱带起没有。我已经跑出门去，说，带了！

那个早晨，我没有看她。妈妈在我身边忙碌，有动作，有声音，有温度，她没有脸孔。

我为什么不看她一眼呢。

我和几个朋友去江边游泳，浪头涌过来，将我推向深处，我被江水裹挟，失去控制力，感到了恐惧。妈妈一步步走向水中，江水淹没她的鼻子时，她在想什么？人生最后几步路，她感到恐惧吗？应该没有。我脑海中她的背影，一次也没有回头。我又有点儿恨她了。走吧，都滚远点儿。

林卉这个人没有了之后，那个叫李康仁的男人没有再娶。把老婆打到投江自尽，没有女的愿意跟他过。他当舵夫不久，航运公司整改裁员。筒子楼家家户户惴惴不安，相互打听。一个说，我一辈子贡献给长江，要是被裁了，不晓得去哪里谋生活。一个说，裁了也好，领了安置费散伙走人，反正效益不好，你说现在物价飞涨，就工资不涨，吊着一口气还不如拔管子来个痛快。众人说，说得有道理，妈个批，不干就不干了，下海去搞生意。嘴上说得风光，心悬在嗓子眼里，谁也不想被下岗。

不久后，名单下来，裁了一半的职工。裁掉的人唉声叹气，有几个怒火中烧找领导理论，却是徒劳。留下的人侥幸升天，终于睡得安稳。李康仁留下了。他说，老子就晓得要交好运气。他的好友兼同事，我们隔壁的赵叔叔，倒霉，下岗了，不到一个月，卷铺盖去了广州打工。公司裁员一年后，跟汽运公司一道新建了家属区，分了单元房。筒子楼搬空，成了历史。从新家的窗口，再也看不到长江，只有小区里崭新漂亮的小白楼和满小区的绿化带。

李康仁没了老婆，又搬了新家，处在人生的巅峰。天一亮，他照例本本分分开船，当他的优秀驾驶员；待天黑，下了船来岸上会酒肉朋友，打牌，玩老虎机，寂寞了找野情人，找妓女，有时还带女人回家。有次，一个女人穿了林卉的睡衣。我骂她是个婊子，叫她把衣服脱下来。李康仁说，怎呢，你也想睡？我说，睡你妈。他说，老子是正宗的睡你妈！我说，对，你不仅睡我妈，还操我爸的先人。李康仁说，你这龟儿子是不是找死，老子今天不把你打得跪起喊爸爸。

我一天天在长大，手臂开始有了力量。有次他打我，掉以轻心，没想到我突然反抗，把他推得一个趔趄，撞到桌角。他腰疼得直不起来，我知道等他缓过来，没有胜算，立刻抓板凳砸他。他扶着桌子大喊大骂，李桥你个砍脑壳的不孝子，你要遭天打雷劈。我说，劈你祖宗。他说，老子的祖宗不是你的祖宗？林卉那贱婊子养大的，跟老子不是一条心。我说，我是被你这婊子养大的。隔壁奶奶拍着腿，苦口婆心地劝，李桥欸，你少说两句，当儿子的不能这么骂当老子的，是要短阳寿的啊，以后死了都莫得人抬。

呵，我还怕短阳寿？

我白天去学校睡觉，到点了拿从家里偷的钱泡网吧，打魔兽，打星际争霸，饿了吃泡面，困了倒在椅子上过夜。

我们网吧死了个人，一个二十六岁的男的。二十六岁还在网吧打游戏也是稀奇。想想我自己，也就不稀奇了。他连打了三天游戏，趴在桌子上不动了。我对他没什么印象，隐约记得他常坐在我后四排的角落里，胡子拉碴，衣服很久不换，吃泡面总吃老坛酸菜味，我不喜欢，我只吃麻辣味。但他和我一样喜欢喝冰可乐。网管姐姐给我送可乐时，另一瓶总是他的。网管姐姐把我们从网吧里轰出去，快哭了，说，你们年龄不到，快点儿走，警察来了老板要骂死我。

我走出网吧，大致理解了老鼠钻出地洞时的感觉，大中午漫天阳光，照得我头晕目眩。我伸了个懒腰，街角餐馆炒菜香，勾得我饥肠辘辘。我绕过警车往街角走，心想，我连打四天游戏也没事，照样活蹦乱跳。我再打十年的游戏，到他那个年纪，一头扎下去，睡死在电脑屏幕前也很舒服。比林卉的死法好。

走到半路，经过二中的院墙。铁栏杆那头几米开外，一群人围在灌木丛前，在推搡某个人。其中一个人说，喂，承不承认你数学是抄的我的？我都看到你瞄我卷子了。另一个人说，还不承认，你这种智障能考满分？被推来搡去的是个女的，跟扯了筋似的歪着脑袋，一脸惊恐地耸着肩，两只手缩在胸前，警惕地原地转圈，不敢和任何一人对上眼神。

那个女的好像是个憨包。稀奇，憨包还能上高中？好玩。我记得小时候，我家楼下就住着一个小的憨包。她爷爷拿铁链子把她拴着。

我爬到院墙上坐着，荡着一只脚，说，你们几个丑不丑啊？

除了那个憨包，一圈干丑事的人都抬起头来，跟一圈鸡子似的，几只母鸡没讲话，一只公鸡说，关你屁事，你哪个学校的？

我把烟灰弹他脸上，说，儿子，你再跟我说一句。

这个儿子很听话，很识趣。

我说，滚起走。再不走，等你爸爸下来把你脚打瘸。

一群鸡子跑开了，那个憨包还杵在原地。我说，你怎么不走？

她盯着我看，说，李桥。

我惊得烟掉下去了，一拍墙墩子，说，哦，你是夏青啊。

墙上的灰掉她头发上了，她一动不动，也没有看我。

夏青说，好久了。

我说，啊？

她说，我不住在12路车终点站了。

我说，哦。

她东一句西一句，我搞不懂她在讲什么。

我说，你怎么还能来读书了？

她说，我为什么不能读书？

她的脑筋不正常，跟人讲话只理解字面意思。我只好说清楚点儿，同学不欺负你？你不会像小时候哇哇叫？

她摇头。

我说，不欺负，还是不哇哇叫？

她说，不哇哇叫。

我说，那你长大了。我说这话的语气，像个大人。

她困惑了，说，人只会往大了长，不会变小。

算了，跟她扯不清楚。我说，你数学成绩很好？

她说，嗯。

我笑起来，不是抄的别人的吧？

她一下子气得脸红了，两只手在胸前剧烈地抖，感觉下一秒就要听到尖叫声了，我赶忙说，我逗你玩的，夏青。

她别着脑袋，盯着院墙边一根柱子，鼻孔里呼哧呼哧喘着气。

我又说，你还有什么成绩好？

她说，物，理。

我理解了几秒，发现她断句断错了，我说，语文呢？

她又脸红了，手指不好意思地抠了一下，说，不及格。

我笑起来，说，你从小讲话讲不抻，语文成绩好就有鬼了。

她垂着眼睛，脸皮更红了。

我不能总在院墙上坐着，更何况我肚子饿了，我说，你上课去吧，我要走了。

她不回答，站在原地，盯着竹子。

我以为她没听见，又冲她招了下手，说，夏青，我走了。

她稍稍抬起脸来，侧脸看着院墙上的铁栏杆，说，风铃，跟以前一样，好听。

我又不知道她在说什么了。

她说，它一唱，我就学，一模一样。她说这句话时，脸上有很骄傲的神色。

这下我想起来了，那时候，我发了人生中第一笔小财。

她说，你还想听吗？

我收起脚要走，说，下次吧，我要饿瘪了。

她的脸变得很安静，下巴微微落下去一点儿，说，好吧，下次。下次是什么时候？

跟憨包讲话就是这样，你说一句她接一句，每句话她都当真。

我跳下院墙，隔着栏杆落在她正对面，她机械地移开眼神。我说，好吧，你在几班？

她说，二（3）班。

我说，等着吧，我星期五来找你。

她好像是笑了一下，表情太细微，可能是我看错。她重复说，星期五，二（3）班。

我走了。走到半路回头看，她还站在墙边。星期五我打了半天的游戏，晃荡去二中找夏青。找到二（3）班，班上同学说她被强制退学了。原来她只上了一个星期的学，她听不懂上下课铃，要么上课了不回教室，要么还没下课就走了，经常紧张尖叫晕倒。同学说，没有见过弱智能上学的，哦，她考试还抄同桌的卷子。我说，放你妈的豆渣屁！

我好不容易找到一个学生，打听到她现在的住址，华阳小区二排5号。

华阳小区是一块开放的自建别墅区，欧美风格和中国古典风格混搭，看主人喜好。二排5号是一栋蓝色的欧式二层别墅，还有个大花园。我正研究怎么翻墙爬进去呢，夏青居然站在大铁门的背后，一动不动。

我说，夏青。

她说，你来了。

我说，哟，你还住起别墅了？

她说，我妈妈在这里。

我说，你怎么站在这里？等人？

她不作声。

大铁门上了锁，另外加了道铁链子缠的锁。我说，你妈妈把你锁起来的？

她点头，手抓了一下铁门。

我说，你爷爷呢？你怎么不跟他住了。

她又不说话了。像忽然被抽掉了思绪，眼神放空。她两只手紧紧捏在一起，表情像在回想着某种很恐怖的回忆。

我伸过栏杆，抓住她的手腕，说，夏青。

她眼睛缓缓聚焦到我脸上，说，爷爷死了。

夏 青

我们只是时间的载体。时间是单向的河流，从我们身上流过。时间从山石上流过，山石化为齑粉；时间从书架上流过，书页泛黄；时间从筒子楼流过，筒子楼拆败坍塌；时间从长江上流过，江水绿了又黄，防波堤吞了又吐；时间从李桥身上流过，他从小男孩变成了大男孩；时间从我身上流过，我从小女孩变成了大女孩。

在特殊学校什么都好，就一点儿不好，我不喜欢秦老师。我害怕他的三角形的眼睛。他看着苗苗和可可她们的时候，三角形的每条边和每个角都散发着让人恐惧的光，好像有阴影藏在三角形后面。我总是离他很远。我还是更喜欢徐老师。徐老师告诉我怎么用卫生巾，给我买胸衣。她说每年都要买，因为少女的胸部会长大。

我跟可可一起游泳，可可眯着眼睛笑，把手伸进我的泳衣，抓我的胸。我尖叫，打开她的手。她一下子吓得蹲到地上，抱着脑袋哭起来说，我错了我错了。

我不喜欢和任何人身体接触，但是可可是智障，她不懂。

我说，你不能抓任何人的胸部。

可可说，青青，我喜欢你。

我说，喜欢也不行。

可可说，秦老师说可以。秦老师也抓我的奶，他还抓我的小花。给我上课。

我说，小花是什么。

可可指了我一下。

秦老师不仅给可可"上课"，还给苗苗、兰兰、玲玲"上课"。

我跟徐老师说，秦老师给她们上脱衣服的课，还把他的大蜜蜂塞进她们的小花里。徐老师说，什么小花，什么蜜蜂？

我说，蜜蜂我不知道，小花是这里。

徐老师吓得钢笔都摔坏了。

后来，警察来了，再后来，她们的爸爸妈妈睡在校门口又哭又滚。

徐老师说，夏青，老师很喜欢你，但你不能在这里上学了。我说，为什么？徐老师手里抓着钢笔，她好像想说什么，但不肯说出口。她似乎很想摸我的头，可她知道我讨厌身体接触，所以她没摸。她坐立不安，想说的话想做的事在她的皮囊里乱撞，快把她撞得变形了。我有些惊惧地看着她，我怕她会爆炸。

但她最终安定下来，冲我微笑，说，因为你太聪明，我已经教不了你了。她说，你去二中上学好不好？我认得那里的老师，我跟她们说了你的情况。夏青，你好好读书，你比很多人都聪明，知道吗，你是乖包。

突然，一切都变了。警察先把秦老师带走，又带回来；再把可可苗苗她们四个带走，又带回来；然后又把秦老师带走了。最后，他们五个都不见了。还有我的爷爷。警察抓走秦老师的时候，秦老师的父母和兄弟也在，他们说我撒谎，要打我。爷爷以一对三，冲他们大骂。爷爷说，你们全家都烂穿良心了，别人当老师，你们当畜生，强奸学生，你家祖坟要遭雷劈。

秦老头说，你孙丫头就是个智障，你晓得个鬼，你们血口喷人，冤枉我儿子！你们先人没做好事，遭报应了生出个脑残。

我爷爷说，放你祖宗十八代的先人屁！老子的孙丫头脑筋正常得很，比你个龟儿子聪明。他说完这句，就倒在地上不动了。

爷爷死了。

我努力回想，我和爷爷一起生活了十五年，每天都见到爷爷。我们一定说过好多好多话。可是我想不起来。我的记忆力很好，但没上学前，我总是听不见人说话。他说的好多话，只有声音，没有字句。我听不见他在说什么。

爷爷，你在说什么呢？

你说，爷爷为起你，要活一百四十岁。爷爷要活成老妖怪，看得青青都成老太婆了。

我还不是老太婆，爷爷也只有五十八岁。要变成老太婆，我还要再活六十年。爷爷看不到我活成老太婆了。他被时间吃掉了。

他睡在灵堂上一动不动，胸口放着一颗鸡蛋。我又看到了我妈妈，她哭得上气不接下气，说，夏立平那个该死的，自己爷死了都不回来。他就不是个人呐。她又掐我了，说，哪个要警察来找我的？是不是你？要你不是个憨包，你爸爸也不会嫌弃我，一跑出去就没得影子了。我好不容易过上几天舒服日子，你又要来害我，我前世欠你的冤债了！

陪她一起来的男人张洪源冲我笑，他搂着她，说，曼丽啊，没事，把青青接回去。我们家大，有位置给她。

我不喜欢张洪源。他跟秦老师一样，眼睛是三角形。他的家很大，像一个城堡。有很多不知道用来放什么的房间。未知的空间让我恐惧。我也有一个很大的房间，我一点儿都不喜欢。房间里有大片的空白，仅靠我的感官无法将它填满。一到夜里，我的感官在与黑暗交接之处，瑟瑟发抖，吓得我所有的触角都收回来缩进被子里。我再不把风铃挂起来了，我把它抱在怀里，轻轻敲它，它发出叮的可怜声音。跟风比起来，我是个蹩脚的创作者。果然，只有自由的音乐才动听。我想回去小时候。

我讨厌这里的夜，楼下总有人吵架。

张洪源你这个花花肠子臭烂坏，这个月我抓到你几次了？你裤腰带是面粉做的一扯就散？

老子又没跟你结婚，看不惯卷铺盖滚，给你脸不要脸！

我不尖叫了，我用手指把墙上的涂料抠下来，抠成圆形、弧形、正十二边形。

我不喜欢新学校。妈妈说，夏青你给我听好，二中已经很好了。你张叔叔花了钱给你弄进来的，要是你在这个学校还不听话，你以后就不读书了，听见没有。

学校的老师很奇怪，他们一见我就想摸我的头，我立刻后退躲开。老师对同学说，青青有自闭症，大家要跟她友好相处，包容关爱她，不要歧视她。她和我们正常人差不多的。

但同学们很可怕，学校也可怕。学校有种奇怪的铃声，铃声一响，同学们就间歇性地安静，间歇性地吵、闹、叫。像是有一千只鸡鸭鹅在撕扯，让我很紧张，忍不住尖叫。同学不喜欢我，他们学我走路的姿势，拿笔的动作，看人的眼神，他们让我很害怕。

学校一点儿都不好，我也不想回家。张洪源的眼睛越来越可怕，他总是直勾勾地盯着我。到了夏天，他的眼睛在我身上画画。我觉得我是烧烤架上的烤鸡腿，他的眼睛是蘸了孜然和辣酱的毛刷。有一天吃饭前，我去整理妈妈摆放过的碗筷。她的碗筷总是随意放着，我把筷子并齐，和桌沿成九十度直角，露出来约五公分。张洪源走过来，说，青青做事真细致，这么小就这么贤惠了。他握住我的手臂，我一下打碎了饭碗。妈妈说我毛手毛脚，把我骂了一通。我确定，他的手的触感跟刷子一样，粗糙，刺痛。从那之后，我总做噩梦，梦见自己变成他手里的一只烤鸡腿。

　　李桥来小区找我。他带我去吃烧烤，我忽然很生气，说，我不吃烤鸡腿。

　　他说，鸡腿都不吃，你真是个憨包。不吃我吃，三块钱一个你晓得吧？

　　我说，张洪源要吃鸡腿。

　　他把我盘子里的鸡腿拿过去，说，谁？屁，老子的鸡腿凭什么给他吃？说着就把鸡腿咬了一大口。

　　我吃了五根韭菜和一块豆腐。

　　他把一整根鸡腿吃完了，从裤兜里摸出一根烟点燃，抽了半支，忽然问，张洪源是谁？你男朋友？

　　我说，我妈妈的男朋友。

　　他眉毛挑了一下，说，你妈妈还没结婚呐？

　　我说，没有。

他说，哦。

他把烟头甩地上踩了几脚，继续吃烧烤，说，你妈妈跟他在一起蛮久了？

我说，不知道。

他说，那你搬过去多久？

我说，一年半。

他说，你爷爷怎么回事？

我不说话了。我的心很疼。

他说，不想说就不说了。

我说，长江把他带走了。

他说，啊？他也……跳江了。

我想起爷爷捂着胸口倒在地上的样子，我不知道究竟是别人把他推进江里的，还是他自己掉进江里的。不论如何，江水迅速吞没了他。

李桥说，打住。别想了，我看你又要难受了。

我说，好吧。不想。

他又说，你在正常学校上不好学的，看，被退学了吧。你妈妈脑壳怎么想的？

我说，我不知道。

他说，你该上特殊学校。

我说，本来在上。有个老师出问题了。

他说，出什么问题？

我想了想，说，他给可可、苗苗、兰兰和玲玲上课。

他有些奇怪，说，啊？他不是老师吗？他没有教师资格证？

我说，他上课的时候，把他的蜜蜂塞到她们的小花里。

他更奇怪了，什么小花蜜蜂苍蝇蝴蝶？

小花就是。我揪着手指，低头看了一下我的双腿。

李桥愣了一下，突然，他眼睛睁得老大，眉毛飞得老高，张着嘴巴好久没闭上。终于，他回过神了，靠在椅子里，说，都是些先人。

他把T恤袖子卷到肩上，一脚踩在椅子上晃荡，嘴里咬着根牙签，抬头想了好一会儿，说，你刚说的鸡腿是什么鸡腿？

有天晚上，张洪源回家，刚下车，黑暗中突然杀出来一辆摩托车，把他给撞翻了。张洪源倒在地上大骂，老子操你……话没说完，发动机声轰隆隆，震颤着深夜的空气，摩托车折返，加速冲来，把他两条腿碾断了。张洪源鬼哭狼嚎，喊声像一团炸药，炸掉了巷子。

妈妈又开始捏我、拧我、掐我了。她一边哭一边骂，你个烂货。我是跟你住不到一起了。

我搬去了特殊学校老师家属开办的寄托所，在特殊学校附近的一栋自建楼房里，楼上楼下六个房间，每个房间两个上下铺，能住四个人。二十来个和我一样的托管物被寄放在这儿。家长定期向老师家属支付寄托管理费用。

托管物们总是跑上跑下，拖鞋踢踏，筷子敲打饭碗，椅子在地板上刮。她们鞋子从不放上鞋架，饭盒总不摆放整齐，卫生纸扯掉在地上，水龙头开关滴滴答答。我偷偷把鞋子饭盒摆好，卫生纸卷上，水龙头关严实。到了晚上，我就安宁了。我睡在上铺，我在天花板上贴了挂钩，把我的风铃挂在上面。

李桥来找我，问，你在这里住得怎么样？

我看着他的手指，说，还好。

他笑起来，说，好个鬼。

我不说话。

李桥又说，你的妈妈也是个神仙，把你甩到这里来。有没有人欺负你？

我说，没有。他们都比我憨。

他笑起来，说，你晓得你憨呐？

我就不说话。

他说，没有就好。哪个要是欺负你，跟我讲。我不把他脑壳打开花。

我说，我妈妈来找我，她要带我回家。

李桥说，回哪个家？张洪源那个别墅？

我说，嗯。

李桥说，她放屁。我看他是要死。

秦之扬

从公墓折返，我想起夏青曾说的奇形怪状的墓碑。她说我适合菱形的墓碑。如今回想，让她说准了。菱形，好像很规矩，又没那么规矩；好像很特别，又不够特别。勉强足够自我安慰，仅此而已了。

下山后，我去了趟槐荫广场，修以前的旧手机。高三时我用的诺基亚，里头有照片没拷出来，虽然只有一张。师傅说手机太老，得先找适配的充电线充电，等它开机。我说先出去转转，等会儿过来拿。

江城这几年发展很快，读书那会儿，槐荫广场只是小商小贩摆摊的集市，卖些义乌小商品，如今已发展成集娱乐、美食、休闲、购物于一体的中心商圈。一楼沿街铺面是小米、OPPO、华为的旗舰店，大白天也灯光璀璨；往里是各类时装店，优衣库巨大的白色招牌竖贯三层楼，其余还有诸如瑜伽、街舞之类的私教班藏隐其中。

郑警官给我打电话时，我正坐在路边的花坛上，无所事事数着来往车辆。他说刚好在附近，车掉个头就过来。

警车停在路边，我对车里的人说，我手机在修，要等会儿。

他说没事儿，找你聊会儿天。他下了车，也坐到花坛上。我说，清明都不放假啊？

他笑起来，我们这行有放假的时候？又问，你什么时候走？

我说，后天中午。

他说，这下不到过年不回来了吧？

我说，工作忙。

他捡了花坛里一段小树枝，折着玩儿，眼睛盯着路边来往的行人。

我说，李桥爸爸的尸体在哪里找到的？

他扭头看我，刑警的眼睛果然比一般人明亮许多。我说，不能透露就算了。

他说，之江市。去年修跨江大桥，从江底的泥巴里头挖出来的。只剩骨头了。法医说死了近十年。DNA对比，是我们这儿的李康仁。照这么推算，2009年6月7号李康仁失踪的时候，就是死了。

我说，淹死的？

咔嚓。郑警官又折断一小截干树枝，他说，只剩骨架。骨头上看不出伤痕。不过，按照十年前在船上采集的痕迹，还有证言，被人推下水的可能性最大。唉，要是找到李桥，什么都好说。这小子，藏得太深了。

我心里突然很沉，在郑警官心里，李桥的失踪一定和他爸爸的死有关。我说，你怀疑他？

他看着我，说，杀人要有动机。至少，李康仁的其他社会关系里没有谁有杀人动机。除了李桥。再说，李桥跑了。自然嫌疑最大。

我说，你们一直没找到他？

郑警官叹气，以前刑侦没现在发达，一堆无头案没人处理。我猜他换了身份。他本来就未成年，公安系统里没他的指纹记录。太难了。他说着，突然转头看我，眼神如炬，他联系过你吗？

我吓了一跳，说，没有！

郑警官仍然盯着我，我额头冒汗，觉得自己像撒谎一样，声音在抖，真的没有。

他把眼神移开。我想，他来见我，跟我坐在花坛上聊天，估计只是为了这一个问题。我不知道他是否相信我，他突然又说，我怀疑他跟夏青有联系。

夏青在江城精神疗养院。我说，你找到证据了？

郑警官摇头，说，但她的确有所隐瞒。护士见过她一个人跑去院墙附近跟什么人见面，还听见她房间里有奇怪的动静。她也藏得很好。对了，170503，这个数字有什么含义吗？

我完全不知道。

郑警官说，要不，你去问问她。或许她会告诉你李桥在哪儿。

我心生抵触，警惕起来，说，我跟她不熟。

郑警官笑了下，说，你们四个的关系挺奇特的。我办案这么多年，没见过你们这样的。秦之扬，我好奇你把他们当什么。

我张了下口，脑子转了一圈，找不到合适的词。

朋友？不是。我和他们早就不联系了。

知己？我们彼此知之甚少。

战友？矫情。我们不曾一起对抗过什么，没有深厚的革命情谊，还差点儿一拍两散。

同路人？不错，我们一同走过一段路。

我说，同路人吧。

郑警官望着天空想了一会儿，说，同路人。打着准备一起离开的幌子，互相关怀。特别。

我说，是蛮特别。

我至今还记得有他们陪伴的那个夏天，一次次偷跑出去，只为聚在一起，漫无目的地待在一起。

他手里的树枝折到最后一截了，他再次看我，说，这种关系，会让你为他隐瞒吗？

绕来绕去，原来他想问这个。

我说，我不知道。我没有需要为他们隐瞒的事。

他说，是吗？夏青呢，她会不会为他隐瞒？

我生硬地说，我说了，没那么熟。再说了，夏青和正常人不一样。你也知道。

郑警官把手中最后一小截树枝扔掉，地上一片散落的短枝。风一吹，刮散四处。再也看不出它们原来是一根树枝上的。

我们四个是什么关系，我不知道。这种关系会让我为他们隐瞒吗？我想了一晚上，如果是当年，我会。

那一年，我们在江边第一次见面后，我就确定我想经常见到他们。我也确定他们有同样的想法。因为我们很快约好了第二次见面，第一次见面后的第四天，在栖鹭山公园。

那时候，栖鹭山绿树成荫，西府海棠开满山坡。

我们沿着石阶往山上走，我看见满山的青松针、绿白杨、粉白海棠，春风吹来，觉得很美，我就说，你们听过特殊学校一个姓秦的老师吗？他害了四个残障女学生。

李桥没说话，夏青也没说话。吴润其说，听说过，太吓人了。怎么有这么恶心的人？

我竭力让自己的声音听上去很无所谓，说，那个老师是我的爸爸。

吴润其嘴巴一下子张得好大，又赶紧闭上，我听到她闭嘴时牙齿打架的声音了。她看着我，表情扭曲，好像不知道该用哪种表情看待我。

可我很轻松，我终于可以把这些话对人讲出来了，我从来没有这么畅快。可下一秒我吓了一跳。

夏青说，我以前在特殊学校上学。

我停在原地，羞耻像虫子从地里冒出来，钻进鞋子，啃噬我的脚心。我害怕她会是受害者。阳光照得我头晕，我想向后倒，从长长的石阶上滚下去，像一颗西瓜一样摔烂。

李桥伸手拍了下我的肩，说，她不是受害者，是她举报的。所以她被学校赶走了，她爷爷心梗死了。

我立刻说，我爷爷后来也死了。

夏青没有表情，对这些事毫不关心的样子，她盯着树上的花，心无旁骛。

大家继续往上走，沉默了一会儿。山上有不知名的鸟儿在鸣叫。李桥从他松垮的裤兜里掏了盒烟出来，递给我，我摇摇头。他自己点了烟，半笑着说，我每天都想杀了我爸爸。把他活活打死最好。没有一个人觉得他这句话奇怪，这句话好像很合适，很正常。我甚至羡慕他说这句话时的洒脱和不屑一顾。

吴润其说，我也好讨厌我爸爸，还有我妈妈。都讨厌。

我很羞愧，我和他们不一样。我讨厌秦正宇，但我心里阴暗的角落，还藏着对爸爸的爱。我讨厌妈妈，却又藏着对张秋苇老师的遵从和敬畏。

我说，我讨厌这个世界。那时，我们快爬到山顶了，太阳很高，我们的脚在鞋子里发热，胸膛在衣服底下冒汗。

夏青微微喘着气，说，我讨厌人，但我喜欢风、树，还有麻雀。

她总是在一瞬间把话题莫名其妙地扭走，可我们毫无察觉。吴润其立刻说，我喜欢翠鸟，我在爷爷家的池塘边见过，特别好看！

我也说，我喜欢青草，还有松树和松塔。我特别喜欢松塔。

我刚说完，夏青一下从石阶蹦到山坡上，捡了一颗松塔。她拿着松塔，不看我，很不安的样子，很快扔给李桥。李桥把松塔递给我，说，我喜欢长江。

我捧着松塔，真诚地说，我也喜欢长江。

吴润其兴奋了，说，我也是！我家能看见长江，看到渡轮和货船，还能听到船笛！

夏青说，嘟——嘟嘟——嘟——

她学的声音跟船笛一模一样。吴润其弯下腰大笑起来。我也笑起来，李桥也笑了。夏青莫名其妙，不知道我们为什么笑。她面无表情，仿佛觉得我们是傻子。

我们走到山顶，春天的长江在大地上铺开，岸边的沙洲长满青草，是绿色的地毯。李桥的烟抽完了，他把烟头摁进垃圾桶上的沙盘里，又拧开矿泉水瓶往里头倒了点儿水。他把剩下的水喝完，瓶子丢进垃圾桶里发出当当的响声。他说，看来我们都喜欢长江。那我们跳江怎么样？

我有种冲动，说，可以，现在春天，水很清。

吴润其忧心道，我们会不会被鱼吃掉？

夏青很开心，说，被鱼吃掉很好。

吴润其说，要是被螺旋桨绞烂了呢？

夏青说，那不好。哦，水会把我们冲散，到不同的地方。

我说，要不要用煤气？很安静就走了。

李桥说，去谁家？

这是一个很现实的问题，我叹气，说，换个方法吧。

吴润其说，那我们坐在江边割腕，看着血随水漂走。

我说，要是被人看见了呢？

她说，那去撞车吧。

李桥说，别祸害人家司机了。

我说，跳楼？

夏青赞同，我们可以一起飞！

吴润其有点儿为难，说，我想死得好看点儿。

李桥说，那你刚才还想撞车？

吴润其说，我看电视里女主角都被车撞嘛。

我们坐在山顶上讨论了很久，没有就死法达成一致。

或许，我们本就不想一致。

突然，夏青抬起头，眼睛里亮光闪闪，她说，上吊吧，我们四个挂在树上，像一串风铃。

第四章

吴润其

　　虽然说要离开，但我一直没想好我的墓志铭。由于只有我和秦之扬想要墓碑，我偷偷问他，你想写什么墓志铭？

　　秦之扬想了一下，说，我被活埋了。

　　我以为他在搞笑，他说，活着的感觉，就像是我被活埋了。我从一个活埋，走向另一个活埋。

　　他说的话总是这么高深，毕竟是三中重点班的学生。我怕露怯，就说，不过也只能想想，反正墓碑上不会有墓志铭，那是西方的习俗。

　　秦之扬说，这么说，我能理解他们两个为什么不要墓碑了。的确很无趣。

　　后来，觉得墓碑无趣的秦之扬认为夏青的"上吊的风铃"很有趣，他表示赞同。李桥不反对，我怀疑他对任何死法都不反对，如果有人说搞个炸弹他也会觉得OK。至于我，我想不出还有什么实际可操作的方法，于是我也不反对。

　　决定的那一瞬间，我们都有些沉默。

　　只有夏青，抿着嘴巴，激动地点着头，拿出她的风铃。风铃上挂着四根银色的小钢条，钢条长短不一，夏青按照我们四人的身高分配，说，这是吴润其，这是我，这是秦之扬，这是李桥。

风铃上，我跟夏青对角线，秦之扬跟李桥对角线。风一吹，丁丁冬冬地响。很好听，还怪浪漫的。我想了下我们四个挂在树上的画面，很有仪式感。我越想越觉得满意。难怪秦之扬会赞同她，虽然她不笑，但她是个有趣的女孩。我就没那么有趣了。

下山的时候，我们讨论什么时候实施这个大计划。

夏青说，天气晴，不要下雨。最好有风。

李桥说，最好这月末或下月初吧，不然太热了。我们会很快变臭。

秦之扬说，看来，要事先查一下天气。

我说，天气好点儿，出太阳吧，我想穿好看点儿。说完这话，我很沮丧、很痛苦。我没有好看的衣服。我的衣服廉价而劣质。

李桥忽然说，你们有没有什么很想做的事，或者很想要的东西？说一个吧，其他人帮忙实现他的愿望。

我没有特别想做的事，什么都没有。但我想要一条白裙子，学校很多女生都有。一百九十九块一条，太贵了。哪怕是对他们，我也无法提出这个要求。

我模糊地说，我很喜欢白色，想要一条白裙子。

不知道为什么，我眼睛湿了，差点儿哭出来。上高中之后，我再也不买白衣服了。白衣服好看，但有致命的弱点，穿久了泛黄，泛出穷酸的黄。在我家，只要衣服没坏，就必须继续穿下去。

秦之扬说，这件事我负责。

我很感动，问，那你们呢？

夏青不回答，她又走神了。她和我们在一起时，只有三分之一的时间在参与，其他时候都在走神，只有我们三个讲话。

秦之扬说，我想玩大富翁。四个人，刚好够玩。

我说，哪里能找到大富翁的棋盘，小学门口有卖的吗？

李桥说，这个简单，我家就有。下次拿给你。

分别时，我们约好那个周末在湖雅小区背后的白杨树林里集合。

离约定的时间还有三天，我已经迫不及待想见到他们。好像只有和他们在一起时，我才存在着。夏青说，我们原本不存在，只是一串串事件，但事件之间产生了联系，有了联系，我们就存在了。她还说，我们四个在一起，是漂亮的菱形。吴润其，你是一条边。

我渴望做这一条边，平等地和另外三条边对话。我也渴望做风铃的一条铃，在风中和另外三条铃撞击出轻快自由的音乐。可惜我的家里没有风铃，甚至没有三角形。书上分明写了，三角形最稳固。偏偏我家的三角形，一碰就碎。每一分每一秒，不管是在学校，还是在家里，我都喘不过气来。我突然懂了秦之扬说的活埋是什么意思。好不容易挨到放学，挤上公交，却看见驾驶座上坐着我爸爸。昨晚家里才吵过架，我装不认识他，往车后头走。我心里一抖，秦之扬坐在后面。他穿着三中的校服，脸色很冷淡，一副拒人千里之外的样子。他一点儿不像我见过的秦之扬，他是距我另一个世界的人。

我正想后退，他看到了我。他眼睛微微睁大，有点儿惊讶，他侧头看了下他身边的空位置。我走过去坐下，想起三中也在12路车的站点上。

我说，我以前坐这趟车，从来没有碰见过你。

秦之扬觉得好笑，说，我们那时候又不认识，当然不会有印象。

我想了想，说，我有次碰见过李桥，还不认识的时候。不过他不记得了。

秦之扬又笑了下，说，他是个给人印象深刻的人。

我说，好奇怪，他也坐这趟车。

秦之扬说，他家在新航运小区。

我说，你怎么知道？

他说，那天从山上下来，你最先到家，我们没坐公交，一路走回去的。哦，夏青家以前住12路车终点站。

我更吃惊了。我们四个居然住在一条公交线路上。这么多年，我们都没有碰到过。有可能在某个特定的时候，我们之间或许有两个、三个在同一辆车上，可谁都没注意对方，可能某一次即将对视，却被拥挤的人群挡住；下一次又无意间错开。

秦之扬说，李桥不在这条活动路线上，不常坐。

一拨人下了车，车内后视镜里，司机看了我们一眼。秦之扬发现了，说，那个司机是不是在看我们？

我尴尬地说，那是我爸爸。

秦之扬说，哦。

他扭头看窗外，我们不讲话了。过了会儿，他对着空气说，也巧碰到你。袋子给你的。我到了。

我还没反应过来，他就起身了，我只好起身给他让位置。他下了车，三两步跑下站台，走向路边的园丁小区。

我脚边放着一个真维斯的纸袋子，我一眼就看见了里头的白裙子，恰恰是我想要的那条。

衣服和袋子先是被我藏进书包，回家后转移到床底，不敢让爸妈看见。我没法解释衣服从哪儿来的。哪怕我瞎编，说是攒的零用钱，这条裙子的价格也会引发一场海啸。

晚自习回家，还在楼下就听到家里在吵架。我走上楼，吓得整个人在抖，脑海里想着妈妈把那条白裙子从床底翻出来了，正暴风骤雨地呼啸。我哆哆嗦嗦，走过隔壁裁缝家昏黄的窗户，推开家门，妈妈的嗓音像某种类似凿子的穿透力极强的工具，劈头一阵敲锤打凿，说，他家里跟你八百年不来往，你随三百块的份子钱？吴建国你就这么爱当冤大头充脸面？你随份子钱别人就瞧得起你给你脸了？你一个开公交的打肿脸充胖子给谁看？

爸爸吼道，老子赚的钱老子想怎么用怎么用！我欠你们的？我该养你们？

我惊魂未定，侥幸的情绪瞬间被烦躁、无力、疲倦和羞耻所淹没。钱钱钱，又是为了钱！

凿子持续敲打，撕扯。

养？你挣多少钱了谈得上养？王菊香女士极尽尖酸刻薄之能事，对他展开全方位的持续不断的打击和羞辱，父亲被重重压制毫无还手之力，他转变策略，充耳不闻，他沉默，无所谓，泡着脚，剔着牙，陪她演一出高级的荒诞喜剧。

我痛苦地在母亲源源不断的背景音中写作业，半夜了，母亲还不消停，她诉，她怨，她像一个持续在装修凿墙的空房间。我突然吼道，你不要再念了！你讲给谁听，他听你一句了？天天就是钱钱钱，烦不烦哪？

装修停止了。母亲看着我，怒气冲冲，她下咒似的说，吴润其你这伢儿以后没得出息。她说，你跟你爸一样，丁点儿本事没有，就晓得冲我发脾气。你们都没有良心。就你这样子，你以后嫁人要被你丈夫赶出来。你婆家也要骂你妈妈没教好你。

我喊道，你那么有本事又怎么样？还不是天天洗床单，你老公拿你当保姆，不尊重你，看不起你。你又过得有多好？

安静了。我们那个从来没有安静过的家，终于在那一刻安静了。

连爸爸脸上那故作胜利的神色也收敛了。妈妈震惊地看着我，我忽然发现她的脸衰老、丑陋、憔悴、灰败。她穿着一件白汗衫，汗渍浸黄的穷苦的白汗衫。内疚和痛苦让我突然想落泪。我想到秦之扬送的白裙子。外人的善意那么容易，就像亲人的恶意一样，遍地都是。

我站在原地不能动弹，我从我的头顶飞了出来，悬在白炽灯的上方，俯视着我从小长大的家。灯光昏暗，瓷砖裂缝，搪瓷缸掉了釉，木柜子裂了漆，墙壁上的旧报纸油黄卷曲，狭小空间内处处都是撕裂的伤。经年累月，无人修葺，老旧的家已是伤痕累累。

爸爸妈妈，我就要去死了，你们知道吗？我不想再活在这个家里，当你们的女儿了。

我从墓地回来，去菜场买了菜。不太新鲜，恐怕又得遭一顿数落。进了筒子楼，上走廊，开锁，推门。屋子闻起来潮湿，腐旧，几十年了，也没什么变化。

爸爸还是公交司机，妈妈工作的招待所因城市规划拆迁，早就关张，如今在超市上班，晚上六点回家。在那之前做好饭菜，免听她一顿埋怨。我洗菜，切菜，淘米，煮米。刚关上电饭煲，手机响了，是郑警官。他说，上个月我手底下的小董给你打过电话吧？我说，是。郑警官说，那小子案子了解不透彻，说话跟杵子一样，你别想多。我说，知道。郑警官说，你清明回来没？我撒了谎，说，没有。他没多问，说，挂了。我说，李桥爸爸怎么死的？他说，照现有证据推测，被人从船上推江里了。我说，谁推的？他说，李桥嫌疑最大。

郑警官第一次联系我，是十年前。

那时我已经在省城上学，有半个学期了。他找到我学校，询问我们四个的"离开计划"。他说，最先调查到夏青。事发当天，有个流浪汉在附近停靠的驳船上睡觉。他隐约听见两个男子争执的响动，一个中年人和一个少年起了冲突。他酒喝多了，睡得迷迷糊糊，没去管。早上醒来就忘了，他趁船主没来，下船开溜，撞见夏青晕倒在岸边，两只脚泡在水里。他吓一大跳，以为是具死尸。后来警方询问，流浪汉勉强回忆起夜里的声音，可惜风大酒醉，记不真切。至于夏青，讲话前言不搭后语，根本无法沟通。郑警官花了足足两个月的时间跟夏青交流，唯一得到的信息是吴润其和秦之扬这两个名字。

郑警官说，我们怀疑，李桥杀了他父亲，逃了。我不评价，只把我知道的一切，把我们的"离开计划"告诉了他。从他的表情可以看出，我说的一切对他办案没有任何帮助。我也无奈，对于李桥，我知道的太少。我们每个人对彼此都知之甚少。

离开时，郑警官问了句，吴润其，你真的想过自杀吗，跟他们一起？

炉灶上，水烧开了，蒸汽掀起锅盖，上下翻腾哐哐响。我赶紧关火，盖子落回去，没动静了。那时，郑警官在质疑我离开的决心？在大人看来，很荒唐吧。多大的事啊，不至于。

的确不至于。如今成为大人的我也这么认为，这算是成年人为数不多的好处了。

李　桥

　　李康仁的生活一直在晃荡，白天在水上晃荡，夜里在岸上晃荡。

　　他晃荡了三五年，隐约有了要站稳的迹象。他结识了一个离异女人，女人有个九岁的儿子，判给了前夫。用她自己的话说，没有儿女债，一身轻松。女人年近四十，风韵犹存。起先我怀疑她哪只眼睛有问题看上了李康仁，后来我看见她手上粗粗的金手镯。李康仁拿她当宝贝心肝，说话细声细气像个太监，给她买这买那，像个冤大头，居然还做饭，像条狗。我看他这副嘴脸，等于看一出喜剧。

　　好日子没过上头，有天那女人耍脾气不吃饭，等他哄。他好生哄了一会儿，突然暴怒，啪啪两耳光把那女人的脸扇肿了。女人当晚就走人了。李康仁在家里骂，说，现在的女的都是些势利的婊子，给她买东西她就爱你爱得死去活来，稍微挨一下打，转头就翻脸。

　　我说，不翻脸死在你屋里头了。

　　他说，你是我儿子，还是那婊子的儿子？你跟她亲些？

　　我说，别人好歹跟你半年，不要婊子婊子地喊。她要真的是婊子，配你也正好配得起。

他说，那是。我也只能配得上你妈这种货。

我说，李康仁我再跟你说一句，你不要扯我妈妈。

他说，老子想怎么扯怎么扯，她就是死了，坟上也写的是我李家屋里的人。

我把桌子掀了，他做给那女人的一桌子饭菜摔得稀巴烂。李康仁指着地上吼，李桥，你今天不把地扫了，老子……

我往外走，背上挨了一脚，差点儿没把我的心肺给踹出胸腔来。我摔在地上，疼得蜷成一团，他上来又踢又打，拿椅子砸。我抓住椅子，踢他踹他；我爬起来，抢了椅子打回去。

隔壁陈叔叔把我扯开，陈叔叔吼，李桥你是不是个东西？儿子打老子，雷公要劈死你！

我把椅子甩在地上，指着李康仁说，雷公有眼睛早先劈死他了！

老子还怕个瞎子？

我到网吧做了窝。很快没钱用了，我去找那个女人，讨我爸给她的金镯子。她不给，说，你爸爸要你来的？送给女人的东西还想讨？他要不要脸？我说，是我要的。她说，你爸爸不晓得，你就来找我要？做梦。我懒得和她废话，说，你儿子是不是在五中读书？她把我和我爸骂得狗血淋头，然后把镯子还我了。镯子卖了七千块钱，李康仁是下了血本。我突发横财，没处花，寂寞得很。恰巧在金店看见一只金猪，拿红绳子串着，圆滚滚的像个憨包。要一千块钱。我找夏青吃饭，把金猪挂在她脖子上。夏青说，我不属猪。我说，没事。你们是一对憨包。

我去网吧打游戏，夏青坐在我旁边，她什么都不会，看不懂新闻，也看不懂电视剧，只会玩扫雷。我玩游戏不顺，打了几盘跟人吵起架来，索性不玩了，看她扫雷。她扫雷基本不输。我说，奥运会有扫雷的话，你可以参赛，拿冠军。

她说，奥运会没有扫雷。

我说，跟你讲不清楚。

我去网管那里抓了把薄荷糖，买了两瓶可乐，又从盐水罐子里拿了两片菠萝。我一片菠萝飞快进肚，夏青吃得慢吞吞。

我说，你像只蜗牛。

她说，不像，我没有壳。

我说，你吃太慢了，像蜗牛。

她说，蜗牛不吃菠萝。

我说，你晓得蜗牛不吃菠萝？你拿菠萝喂过蜗牛？

她不作声了，在思索，过了会儿，说，你有道理。我要去找蜗牛。

我赶紧把她拉住，说，大中午的去哪儿找蜗牛，等落雨天再说。

她坐下，继续扫雷。

我电脑上QQ图标闪烁，朋友发来一个最新的日本片，说是苍井空的。我戴着耳机看了一会儿，看得口干舌燥。看到半路，我扭头看夏青，她专注地盯着电脑扫雷。菠萝还没吃完，她的嘴巴微微张着，粉色的舌头舔在菠萝上。几滴菠萝汁滴在她胸口，把衣服打湿了，她胸口处的衣服有点儿紧，一道圆弧形，不大不小，很圆润。我不知道怎么想的，脑子发热，手摸进她衣服里，她的胸衣很热，我手伸进去，握住她的胸乳，软得我瞬间硬了。

电脑屏幕上，扫雷爆炸了。夏青一动不动，眼珠子缓缓斜过来，盯着我。我被她看得也不敢动了，很紧张，我手心发烫，她的皮肤也在发烫，剧烈起伏，一突一突的。她的脸变红了，表情惊恐，呼吸急促起来。我还是没松手，用目光跟她较劲，她嘴唇开始发抖，我预感她要尖叫了，我吓得魂飞起来，低声喝道，别叫。我说，夏青，别叫。

她的胸在我手里细筛筛地发颤，她鼻孔嘴巴同时呼呼出气，但她听了我的话，没有叫。我突然很高兴，毫无理由地高兴，比刚才伸手进她衣服里还高兴。我很满意，把手从她衣服里拿出来，说，快点儿吃。一个菠萝吃了半个小时。

我不看片了，嚼着薄荷糖，哼着歌，重新打游戏。

夏青吃完了菠萝，说，李桥。

我在打打杀杀，起先没听到，她又说，李桥。

我减了游戏音量，说，啊？

她说，你为什么摸我？

我差点儿用错招式，手忙脚乱操作着鼠标和键盘，胡乱说，不为什么。

她说，为什么不为什么？

我脑壳疼，说，想摸就摸，怎么样？

她不作声了。我盯着电脑屏幕，从屏幕顶端的黑色反光面里看到她歪着头，在沉思的样子，我以为把她糊弄过去了，她又说，为什么想摸就摸？

我说，你闭嘴。

她说，为什么闭嘴？

她好像在玩小时候的问答游戏。

刚好一局打完，我把耳机摘下来，说，你再不闭嘴我就亲你，信不信？

她不说话了，眼珠子从我脸上转去了电脑屏幕上。我刚要戴上耳机，她说，为什么不闭嘴就……

我侧身去，亲了她的嘴，她的嘴唇上有很甜的菠萝味。如果网吧里没有别的人，恐怕我会干出更过分的事情来。但我的身体不如我的脑子有胆量，我的心不受控制地怦怦直跳，很罪恶。她是个憨包，但我不是。我亲完了，心虚地盯着她看。她要是尖叫，我就把她嘴巴捂起来。

她没有。她表情平静得就像刚才被一只狗啃了。也太不给我面子了。

她说，薄荷糖。

我说，啊？

她说，你刚刚吃薄荷糖了。她从桌子上抓了几颗薄荷糖塞进口袋。

我只好尴尬地笑了一下，说，夏青，你是个憨包。

通常说了这句话，她就不会追问了。我戴上耳机，在游戏里大杀四方。

白天的长江，天高水阔，碧波万里；到了夜里，江风肆虐，黑水横流。我很少在深夜来江边，容易想起多年前母亲要走的那个深夜，我在没有光亮的江堤上奔跑。

半夜里，渡轮、渔船、驳船三三两两，沿渡口停在岸边，像一栋栋空房子。船只到了夜里便有种荒屋鬼宅的意思。我和夏青上了无人的渡轮，脚下随江潮起伏。白日里停车的甲板上只剩月光空旷。夏青很欢喜，鞋子把甲板铁皮踩得哐当响。风把她的衣服鼓起来，像一只白风筝。我笑起来，说，用力踩，等会儿把巡逻员踩来。她于是两眼放光，踩得更加卖力，兴奋地啊啊叫。我慌忙追上去捂住她嘴巴，摁住她乱蹦的身板，说，你个憨包！听不懂反话，轻点儿！巡逻的来了，把你抓起走！

我们坐到船舷边，把脚放进江里。江水是青色的，透心地凉。她的腿放在水里，白皙，像羊脂玉。我不知道为什么这个词会蹦进我脑袋里，我很确定我没见过羊脂玉。但如果有羊脂玉，它的触感和色泽就是夏青浸在江水里的白润的小腿。

那时还是春天，我们只坐了一会儿，冷得牙齿打架。我说，我的腿像被截肢了。她觉得很好笑，就一边发抖，一边短促地咯咯笑。

太冷了。我们爬到二楼驾驶舱，关上门，暖和了。驾驶室很小，夏青被操作盘吸引，问，这个是什么？我说，倒挡。这个呢？船笛。她说，李桥，你会不会开船？我说，会吧，但没开过。她说，我从来没有坐过船。坐船可以去很远的地方。我说，你想去哪里？她说，我想去海里。我说，什么海？她说，你会不会开航天飞船，我们去星星海。我笑起来，坐上驾驶凳，说，会。夏青，我们在航天飞船上。她环顾四周的玻璃窗，喜悦地说，在外太空！

我们坐在黑暗起伏的江面上，四野俱寂，弯月挂空，只有远处城市的点点星光。正是在空茫宇宙，外太空。什么都没有。

我忽然对自己说，有时候，我觉得，我从来没有存在过。

没想到她接话了，说，我们本来就不存在，我们只是发生的事件。

我说，你是一串事件，我是一串事件？

她说，嗯。

我说，夏青，对你来说，我是不存在的？

她摇了下头，说，你跟我有联系，所以你存在。

我不懂她在说什么，是憨包的语言。我望着黑夜，想笑，笑不出来，说，夏青，我想给我这串事件摁下停止键。像船一样，停下来，再也不出航了。可是。

夏青问，可是什么？

我说，你说我跟你有联系，所以我存在。

夏青迷茫地看着我。

我说，我不想跟你断开联系，所以我愿意存在。

夏青说，哦，那我们联系更紧一点儿吧。

夏　青

四月五号，清明。

清晨，落雨了。我听到雨滴拍打窗玻璃的声音，高兴地醒来，推推李桥，小声说，李桥，落雨了。他迷迷糊糊醒过来，说，清明时节雨纷纷。我笑了，说，你还会念诗。李桥说，废话，老子小学一年级，语文一百分。我们坐起来，他披上被子，抱住我，我们两个裹成一只粽子。粽子端放在床上，露出两只脑袋欣赏雨景。我说，蜗牛跑出来了。李桥说，雨停了，去抓蜗牛。

我喜欢落雨天。落小雨，落暴雨，落阵雨，落雷雨，有风，没有风，我都喜欢。小时候我趴在窗口看雨，拿手抓雨丝，抓不到，袖子抓湿了。爷爷给我烘袖子，烘干的衣服暖烘烘。后来，我趴在寄托所的窗户边等啊等，还不落雨。不落雨，就没有蜗牛。

我不喜欢人哭。妈妈又哭了，她坐在对面的椅子上，嘤嘤哭，你这个没良心的丫头，不跟我回去。你张叔叔对你那么好，你不感恩。你张叔叔不喜欢我了，他喜欢年轻的姑娘了，再这么下去，我在他家待不住了。我以后日子怎么过。

李桥来了，说，你这个婆娘，讲好话你听不懂撒？还不快滚。

等了很久，终于落雨了。我捉了蜗牛，喂菠萝给它吃，它一碰到菠萝就缩进壳里，躲起来。我搞一碗盐水，泡菠萝，泡得菠萝快没味道了，再给它，蜗牛就吃了。原来蜗牛喜欢清淡。我跟李桥说，蜗牛吃菠萝，你看，这个小坑，是蜗牛吃掉的。李桥说，果然。哦，还有另外两个人想走，一起吧。我说，好。李桥，你没有意见吗？我说，我们的船太大了，有点儿空。

吴润其是女孩，吴润其很奇怪，她和我一样缩着肩膀，不抬头，不常看别人的眼睛。我说，吴润其是自闭症。李桥说，她不是。你这个憨憨。我说，那她是什么？李桥说，那是自卑。我说，我不晓得自卑是什么。是自闭的一种吗？李桥抓脑壳，说，像，但不是。你怎么这么多问题？

秦之扬是男孩，秦之扬很奇怪，他总是站得笔挺挺的，像一根树，他总是面无表情，表情像在走神，但他经常中途醒过来，张嘴说话，走神，回神，走神，回神。我说，秦之扬是自闭症。李桥说，你看见鬼都是自闭症。我说，我没有看见鬼。李桥不说话。我说，真的。那你说他是什么。李桥说，他是抑郁。我说，我不抑郁。李桥说，啧啧，你赢了吧。我说，我要喂蜗牛吃菠萝。李桥说，那你看我自闭吗？我说，你话多。李桥刮我的后脑勺，说，话多你个……他吞了进去，没说脏话。又说，这只蜗牛跟你长得一模一样，你怎么不给它找几个伴？我说，你在骂我是蜗牛。李桥笑嘻嘻，那又怎么样？我说，好吧，不怎么样。

我们决定在五月初离开。秦之扬查了天气，说五月三号那天，出太阳，有微风，但不大，气温适宜，适合启航。第三次见面，我们约在湖雅小区背后的白杨树林。李桥带来大富翁的棋盒。李桥说，我读小学一年级的时候买的，在床底下翻了半天，全是灰。他打开盒子，倒出棋纸、棋子、卡片、钞票、骰子，玩过多次，有划痕折痕，但还很新。

我们把棋盘纸铺在草地上，围拢坐下。吴润其笑着说，我好久没玩了！感觉像回到了小时候。我以前玩大富翁，总是赚好多钱！

李桥把卡片棋子一一归类，说，遇上对手了。我也是行家。

我只跟李桥玩过，有时候他赢，有时候我赢。

吴润其把棋子分给大家，说，我们小时候还玩飞行棋，好久不玩飞行棋了。我们还玩陀螺、小浣熊卡还有水浒卡。

我不知道陀螺、水浒卡和小浣熊卡是什么。我就说，我玩纸飞机。

李桥把他的语文书撕下来折纸飞机，我们趴在窗口，对飞机哈气，把飞机飞到对面的炼钢厂子里去。但大多数飞机一头栽进臭水沟里。李桥妈妈就打李桥的屁股。

我又说，我玩风铃，我还玩米，还有磁铁蜘蛛和长方形。

李桥笑起来，说，你在比赛吧？

吴润其给我们每个人分了一千五百元的本金，撸起袖子，要大干一番，说，来，开始，玩大富翁。

秦之扬不讲话，摇骰子。秦之扬买了一块地皮，花了三百元；李桥拍卖了一块地皮，从银行赚了五百元；吴润其盖了一座房子，花了二百元；我收了五十元租金；秦之扬入狱了，李桥抽到一张路障卡，吴润其中了奖，我的房子抵押了；秦之扬抽到一张涨价卡，李桥去旅游了，我换地了，秦之扬第一个破产了。我们三个继续玩，秦之扬坐在旁边看，最后，我成了大富翁。

李桥跟秦之扬说，玩这个游戏有技巧，要把钱好生分配。可以从银行贷款，要用钱生钱。

秦之扬不发声，可能是输了钱，不高兴。

吴润其说，再玩一盘？

秦之扬不说话，他重新分钱，规整卡片。第二盘，我破产了，吴润其破产了，李桥也破产了，秦之扬成了最后的大富翁，他面前堆了花花绿绿一大堆钞票，好像银行是他家开的。

李桥说，你上手这么快。

我说，你赚了好多钱。

秦之扬还是不说话，可能是赢了钱，不高兴。奇怪，秦之扬今天赢钱输钱，都不高兴。抑郁的小孩难揣摩。

吴润其把他的钱抱过来，一摞一摞数，五千，一万，一万五，两万，两万五，三万，三万一，三万二，三万四，三万五千六！秦之扬你太行了。

李桥说，好玩吧？

秦之扬气得发抖，突然喊一声，不好玩！他抱住腿，抓着自己的头，又抖又晃。我听到小动物嘶叫声，吓得脑袋四处转，风过树梢，阳光像洒了一地的碎金粉，没有动物。是秦之扬的哭声。他哭了，像一只被卡住喉咙的动物，他吼叫道，不好玩！

他大哭，说，迟了！已经不好玩了！啊——

吴润其低着头，李桥拍了拍秦之扬的肩膀，他的哭声变成了很长的啊——

我搞不懂他为什么突然哭起来了。或许，大富翁让他很失望吧，应该换成飞行棋的。我不喜欢听人哭，哭声让我焦躁。我走去一旁挖蜗牛。后来，秦之扬不哭了。我拿着两片树叶和四只蜗牛走回来，听到秦之扬着急地说，五月三号快来啊，我要疯了。如果人死了，灵魂出窍就好了，我要看看我妈妈的表情。看她看见我的尸体时，是什么表情！

我说，从物质上说，没有灵魂这种东西。但没人理我。李桥也不说话，他的脸色很奇怪，像是突然生气了。

吴润其说，啊？我以为你讨厌你爸爸。

秦之扬说，我更恨我妈妈。

吴润其说，你妈妈是不是教物理的张秋苇老师？

秦之扬说，你怎么知道？

吴润其说，她很有名啊。我初中同学在三中，讲她是很好的老师，我还看过她的光荣榜，你长得很像她。

秦之扬气道，我不像她！

吴润其吓了一跳，不说话了。

秦之扬继续说，她很虚伪，虚荣，在外界表现得很好，可根本不是。她是个疯子，神经病，控制狂，我们家里所有事情都要按她的来，她只会让我学习学习学习！我什么都不能干，干什么她都不满意，我被她逼疯了。我爸爸也是被她逼疯的！他越说越激动，发泄地叫道，现在好了，她那么虚荣爱面子，丈夫吃劳改饭，儿子自杀，我看她以后在学校里还有没有面子！

李桥忽然说，你脑壳有包吧。你爸爸搞坏事，关你妈妈屁事？是你妈妈逼着他去强奸智障学生的？

秦之扬的脸本来就很红，这下更红了，说，你不晓得事情经过，你就不要开口。自以为是。

吴润其说，不讲了，我们再玩一盘大富翁吧。

我觉得不对，一定是大富翁让他们暴躁了，不能玩大富翁。我赶紧说，我有四只蜗牛，代表我们四个。

李桥说，你吃得好穿得好教得好，有屋住有学上，全靠你妈妈。要是男的做坏事了，都往女的身上推，那你跟你爸是祖传。

秦之扬一下站起来，说，我爸爸再怎么恶心，也对我好，不像你。你连父爱是什么都不知道。是不是你自己讲想把你爸爸砍死的，还来教育我？你跟我半斤八两，你妈妈死了，就怪到你爸爸头上，难道是你爸爸逼着她去死的？自己想死怪谁？

李桥说，你说话注意点儿。

秦之扬说，注意个屁。反正这辈子不再见了。桥归桥路归路，你死你的，我走我的。

李桥站起来，秦之扬抖了一下。吴润其吓得跪在地上。

李桥捏着拳头，说，我不打你。你跟个鸡子一样，没意思欺负弱小。

秦之扬说，跟你这种人一起，死了都要气活过来。

李桥说，滚吧。

秦之扬走的时候，一脚把我的蜗牛踩瘪了，壳肉模糊，但是他们三个谁都没注意。

我用小树枝挖坑，把蜗牛埋起来。

吴润其说，太奇怪了。他今天怎么了？他看上去最冷静。今天却好像情绪不对。李桥不说话。我说，他把我的蜗牛踩死了。

　　吴润其说，他跟他妈妈怎么回事啊？李桥还是不说话。吴润其说，他对他爸爸也很奇怪。他恨他爸爸，却又辩护；他看不起妈妈，自己却污蔑她。我觉得，秦之扬不会糊涂到觉得他爸爸的事是张老师造成的。

　　我把蜗牛埋好了，说，秦之扬往江堤上走了，他或许去跳江了。我们一起跳吗？要是在江里打起架来呢，时机不好。

　　李桥跳起来，往坡上跑；吴润其也跟过去。我爬上山坡，上了江堤，秦之扬的背影远远的，飘在江堤上。李桥没追了。吴润其说，我过去找他。李桥说，好。吴润其走了，李桥望向长江的方向，下了江堤，往江边走去。

　　我以为他要跳江了，紧紧跟在他身后，攥住他衣角。他走啊走，一直走到防波堤边，站着不动了。是春天，长江水位升上来了，冬季的防波堤淹没了大半，江水开阔，滚滚东流，江中心有长长的拉煤的货船驶过，像一座浮岛在水上漂。

　　李桥说，夏青。

　　我说，啊？

　　李桥说，这么些年，我一直想知道，那时候她在想什么？

　　我说，谁？

　　李桥说，我妈妈。

我说，我不知道。

李桥不说话。

我说，一个人没有办法知道另一个人的想法，除非她说出来。并且没有说谎。

李桥说，你说她那时候有没有想起我？

我说，我不知道。一个人是没有办法……

我感觉他的表情好像是难过的，我闭上嘴巴，觉得还是不说话好。

李桥说，我觉得没有。

我说，好吧。

他说，她还是死了好。

咚咚咚。

突然，护士在敲门，说，夏青。吃早饭了。

我吓了一跳，立刻从床上滚下来，李桥掀了被子，跳下床。我指床底，他摇头。护士喊，夏青。我拉开衣柜，李桥却已打开窗子，跃上阳台，一翻，人不见了。玻璃上，雨水簌簌。窗外却没了雨。不知什么时候停的。

我颤抖着打开房门。护士进来看了一圈，说，你的被子怎么弄成这样。我说，我坐着，看雨。护士走到窗边，伸出头去看，说，早上冷，别着凉了。我说，不冷。护士说，好吧，吹一下风。她说着，从桌上捡起风铃挂在窗棂上，说，你不是天天把风铃挂在窗户上吗，今天怎么取下来了。

风铃丁丁冬冬响，我看见夜里李桥从窗户外翻进来，风铃划过他的额头、肩膀，敲打作一团。

我说，落雨了，羽毛会打湿。

秦之扬

四月五号清明这天，我睡到中午十一点。张秋苇老师没喊我起床，也没训我懒。这几年她不怎么管我了。要奔三了，就这么个好处。吃饭的时候，她没有问给爷爷上坟的事。她从来不提秦家。但她问了句，你嫂子是不是快要生了？我说，八个月了，你怎么知道？张老师说，办公室新来的小刘老师跟她是发小。一晃我妈当老师也快三十年，教的学生变成了老师。不知道在她眼里，我算不算成才。或许不算。当年考了高考状元，都说我前途无量。现如今我走到"前途"这里，看看我自己，不过如此。北京买房照样靠父母资助，拿着高薪，本质还是打工仔，汲汲营营，跟三十年前江城的钢厂工人没有两样，充其量换了个大厂子。

张老师说，扬扬，你的个人问题是不是该解决了？我说，你安排解决。张老师不讲话了。我想起刘茜来，我早就不记得她的脸，但名字我记得很清楚。我又想起吴润其，她穿那条白裙子的样子，很好看。张老师说，江城地方小，我打听了也没得条件好的女孩，北京那边多，你自己要主动点儿。我下次再问问教过的学生，看有没有认识条件好的。我不作声。她很操心，说，你一个男伢子，长这么大，也该要谈一两个女朋友了。哪怕不是结婚。我说，你现在晓得急了？之前要别人女伢脱裙子的时候忘了？

　　星期一下晚自习，我上公交车，是吴润其爸爸的那趟车。我看见李桥坐在最后排靠窗。他看到我，把脑袋转过去。我坐到他旁边的空位置上，他又把脑袋转过来，说，你把夏青的蜗牛踩死了。我说，对不起，我不晓得。李桥说，小事。她说不要紧。他前面座椅靠背上，我们几个写的字还在。我说，你从哪里来？李桥说，买绳子。我说，五月三号要用的绳子吧？他拉开麻布袋给我看，几捆很粗的白绳。我说，这是船上用的缆绳？李桥说，嗯，锚绳，有八股。我说，只有你晓得哪里买，我肯定找不到。李桥把袋子收拢。我说，你小时候是不是经常到船上玩？李桥说，把船摸得一清二楚。我说，我爸爸在的时候，带我去江边游泳，放风筝，钓鱼。很小的时候了。李桥不喜欢讲爸爸的事，说，你今天怪了，话多。我说，你要体谅我，我在学校，从早到晚不讲话。李桥说，换个话题。我拿眼睛指了下麻布袋，说，有我的吗？李桥说，有。我说，谢谢。李桥没讲话。

　　我靠在椅背上，脚伸很长。夏天快来了，路边树枝压得低，刷起车窗玻璃，像夜里鬼伸来的手爪。李桥前边座椅靠背上有我写的字"我也是",我指了一下,说,半个月前写的。李桥看了一眼,说,那天出了什么事?我说,我给同桌买条裙子,我妈妈要她把裙子脱下来。李桥一开始没说话,后来问,你喜欢你同桌?我说,不是喜欢不喜欢,我没有别的朋友。可能,也喜欢吧,我不晓得。她转班了。我觉得她考不上一本了。她脑筋不是蛮聪明,数学成绩物理成绩蛮差。李桥说,夏青数学很好,但她这种病,不能上学,她妈妈也不管她。你继续,讲你的同桌。我说,她长得也不是蛮好看,很普通的长相,像吴润其那种,短头发。不过人蛮好,其实。

公交车快到原棉花厂了,过了厂子再走两个站就是五中。我说,李桥,你去过三角公园没有?李桥拿眼睛斜我,说,干什么?我说,想见识一下。你带我去见识一下。李桥说,三中的尖子生,脑壳里也装些污糟东西哦。我说,马上就五月了,不见识一下,我吃亏。李桥说,死不瞑目吧?我说,死不瞑目。

我们在棉花厂下了车,沿着路灯往三角公园方向走。三角公园是一处Y字路口的街心小公园,连接客运站、火车站跟棚户区。一到夜里,特殊群体便在小公园里定点游荡。我说,你路走得这么熟,是不是经常来?李桥不答。我说,她们长得好不好看?多少钱?李桥不答。我说,是不是好看的价格高些,不好看的低些?李桥说,秦之扬你要是紧张,你就先把嘴巴闭起。我说,放屁,我不紧张。李桥说,那恭喜你。

我嘴巴厉害，走到路边，看着人行道对面的一团阴暗树影，紧张起来。李桥掂了一下手里的麻布袋，叹气，你也不挑个时候，我拿着绳子跟麻袋，别人以为我要去杀"鸡"。我突然笑起来，说，那我们两个是变态杀人狂。指示灯绿了，李桥和我走过人行横道，进了三角公园。

　　夜黑树深，我从城市遁入小森林，暗处，灰尘青草味和廉价香水味混杂。一片夹竹桃树，隔几米一个扭捏的人影，夜风来，树影在摇，人影也在摆。男人的影子移来移去，这里走走，那里停停，看中了，两个影子勾搭成一团，挪走。李桥点了根烟，说，你自便。我站在原地不动，说，你不……李桥笑起来，说，一起？你脑壳被门夹了？我说，我意思是你不……选一个？李桥抽着烟，说，我哪句话讲要来跟妓女做生意了？我就送你过来，你安置好了，我拜拜。我说，我请你。李桥咳嗽起来，说，秦之扬，你不想玩就回家睡觉了。走吧。

　　一个穿包裙的女的走来我们跟前，嗲声嗲气说，小弟弟，找人呀？你看姐姐要不要得？姐姐身子软，好睡得很。你们两个一起也可以，长得这么帅，第二个打五折啦。我耳朵根红了，烫得要死。李桥笑嘻嘻的，拿烟头指了我一下，说，就他一个。包裙说，怎么不一起吗？我什么姿势都晓得，手灵活，嘴巴也灵活，保证舒服呢，我回头客很多，晓得吧。

　　我骑虎难下，看见几个中年男人经过，有厨师样子的胖子、枯瘦的民工、腰上挂着钥匙的出租车司机……

我突然很恶心，很肮脏。我想要亲密，但不是这种。李桥看着我，我的表情一定很难看，我浑身瘙痒，林子里恐怕有虫。我说，蚊子太多了，先走吧。包裙挽我的手，说，哪里有蚊子，我帮你赶。她的手在我腿上摸，我推她推不开，说，你松手行不行？包裙说，还在上学吧，我屋在对面，我屋里有书，弟弟去给我上课，教我英语行不行？我说，救命。包裙连拉带扯，说，弟弟不要看不起人。我也搞学习的。走吧，跟我去屋里搞学习。李桥说，没行规了，还强买强卖哦？包裙说，弟弟，皮肉生意不好做。李桥说，把你捆起丢江里就好做了撒。包裙松了手，说，瘪三，以后不要等我看到你们。

出了林子，重新回到路灯下，我一身热汗冷汗，黏在前胸后背。我说，这就是三角公园啊。李桥说，这回见识了，眼睛闭得上了？我说，我刚刚有点儿想吴润其。简直有毛病。李桥笑了一下，说，正常。我说，什么意思？李桥说，不废话了。回家睡觉。我晓得你什么毛病了！我说，什么毛病？李桥说，矫情。你们这些书读多了的，都矫情。我说，三号没几天了，你就没有想干的事了？李桥把烟头扔了，说，没有。有想干的事，还死个屎？

我不讲话了，跟他并排踩月光，踩了一会儿，说，你跟三角公园熟不熟？李桥说，你喜欢刚刚那姑娘，现在转身来得及。我立刻摆手，说，我就是问一下。李桥说，李康仁熟。我说，李康仁是哪个？李桥说，我老子。三角公园常客，新人旧人没他不认得的。天天来做生意。李桥拿拇指头往身后指了指，说，里头各个是我后娘。我叹气，说，你妈妈是这么没的？李桥说，不是，打的。

我慎重地说，我理解你了。你说你爸爸的那句话。

李桥说，三角公园卖很多东西，你想要的那个，买不来。

我很难受，说，你妈妈是不是很好？

李桥说，忘了。

过了会儿，他又说，她跳长江了。

我说，啊。

李桥竟然笑了一下，说，记不记得上次，我们几个说喜欢长江。

我说，沿江的人没有不喜欢的。

李桥说，夏青说的长江，不是我们说的长江。

我说，她说的长江是什么。

李桥说，时间。

我说，啊。

李桥笑了，说，有时候你以为她在说这个，其实她在说那个。她就是个憨憨。

我说，你是不是喜欢夏青啊。

李桥说，你屋到了，拜拜。

第五章

吴润其

四月五号清明，早上起来，爸爸去上班了，妈妈在收拾，要出门。她说，吴润其你也是福气好，睡到十点还不醒。我说，明明九点二十，现在放假，你嘴巴能不能有一天不搁在我身上。王菊香女士出人意料地收起了战斗号角，话题一岔，说，我们超市对门开了个大酒店，你晓得吧？我说，银河酒店，早几年就开了，你今时才看到？她说，对面酒店三天两头结婚摆酒抓周请客，好热闹。我一天天看别人嫁女儿，眼睛红。前天那个结婚的，姑娘1999年，只二十岁就嫁出去了。我说，瞎讲，清明节办婚宴，脑壳不清白了。王菊香女士咳了两声，说，那就是上星期。我天天清货，昏天暗地，搞不清楚日子了，上星期。我说，你想收份子钱了？她说，你不要提，这些年天天往外头随份子钱，没得收回来的时候。你爸的同事，今天老丈人祝寿，明天搬新屋吃酒，后天四十八岁也请客，人都不要脸了，翻起花来请客吃酒，就为了收份子钱。我至少不搞这些，盼你结婚怎么盼不得？我不讲话。王菊香女士又说，你跟我讲，有没有谈恋爱？我说，没有。她说，那你要谈啊，年纪不小啦，别人像你这年纪，孩子都抱起了。我天天急，晚上睡不着觉。我说，结婚要买房，省城房子买不起。她说，哪里的道理要女的买房？我说，别人要是条件一般，得双方凑首付吧。她说，那你不会找条件好的？王晓丽中专出来，在省城找了个有房的，你好歹读了大专，还没她有用？我说，你再不走，迟到了要扣工钱。她往外走，说，实在不行，在本地找一个，好生过日子。不要眼高手低，女人过几年老了，就掉价了，到时候后悔来不及。你现在以为自己不得了，以后怕连你妈都不如。

我冲了包黑芝麻糊当早餐。窗外青空白日，采沙场早已不在，挖掘机在我的孩提时代挖了十多年，如今只剩下光秃秃的石坑，坑大而深，坑底生了杂草和灌木。黄色的花儿爬了藤，从坑底冒出来。窗口不再有发糕香、麦芽糖香味，现在的孩子不吃这些东西了。拾荒的老人、修自行车的老人接连在多年前过世。

我把房间整理一遭，旧书旧衣物清理了扔掉，意外从衣柜里翻出一条白裙子，真维斯的，读高中时穿过几次。换季时仔细洗了，小心收在柜子深处，后来竟转头忘了。当年洗得多干净呐，可折痕处还是黄了，展开一看，不规则的黄痕，是被岁月来回砍了几刀。

五月一号，突然升温。我们几个第四次约会，在废弃的炼钢厂。夏青说她没有特别想做的事，但从小就想进炼钢厂，看看里边什么状况。我借口中午在学校复习，没回家。我换上白裙子，找不到镜子看自己模样，很不自在，走在街上觉得全世界都在看我。我余光瞥见白色的影子从路边商店的玻璃门上飘过，白裙飘飘，我突然间很开心，我也有美好的时候。

快到炼钢厂了，秦之扬喊我，吴润其。他从马路对面跑过来，笑了一下，说，你今天蛮好看。我不好意思，脸很热，说，你吃中饭没有？他说，在食堂吃了碗面，你呢？我撒谎说，吃了面包。他不信，从书包里掏出袋柠檬味夹心饼干给我，说，吃这个吧。

炼钢厂的红砖围墙年久失修，墙头长满青草。李桥和夏青在前面等我们，钢厂大铁门锈迹斑斑，挂着堆满铁锈的粗链子。大门上面开了扇小门，晃荡着敞开了，一眼望到头，尽是荒芜。秦之扬说，厂子拆掉了？李桥说，好多年了。经济效益不好，还污染环境。我说，我小时候还看到过烟囱冒烟，吐白汽呢。夏青张开嘴巴，哈了一下。我笑起来。她说，我想爬到烟囱顶上。

夏青率先进入厂区。一条水泥大道，成排杨柳，叶片沾灰，精神不振。一边一个红砖砌成的大厂房，墙上几扇高高的玻璃窗，间隔刷上白底红字，红字掉了漆，一边是"精工冶炼，钢铁先锋"，另一边是"千秋伟业，志在必得"。

我们像掉进了文物坑，这地方刚出土，覆了几个世纪的灰尘，走在地上跟踩地毯似的。进了厂房，空荡荡。机器、生产线搬空了，只剩一道道阳光从高窗里斜下来，微尘飞舞。夏青呜叫一声，有回声。李桥说，喝！又是回声。我和秦之扬笑起来，厂房跟着笑，笑声像圆皮球满地滚。突然，大家安静下来，四周也静悄悄了。我感觉到阴凉，空气里有腐旧的生铁的味道。

我们站在巨大的厂房里，像足球场上的四颗皮球。

夏青摇了一下头，说，假话。李桥说，什么假话？夏青往墙上指，你看，千秋伟业，志在必得。哪里有千秋伟业？十几年就倒了。哼。秦之扬说，世上没有永恒的东西。一切都只是不断变化的事件。我说，小时候听我妈妈讲，炼钢厂最风光，工人不愁找老婆，是铁饭碗。李桥说，钢铁厂都能拆了，铁饭碗算个屁。秦之扬说，我妈妈老是跟我说，好好读书，考好大学就好了。哪有那么简单。人生太复杂了。三十年河东，三十年河西。我说，连你都这么说，我更没救了。

夏青仰起头，眼睛闭上，过了会儿，嘴巴抿了一下，像在笑，但更像是抽搐嘴角，她说，我看到了。

她睁开眼，黑眼珠闪闪发亮，往我身边一指，说，十年前，吴润其站的位置，很多原材料，堆起像小山，有铁，有炭，还有氧气瓶，这么高！传送带把原料运过来，混合，到秦之扬那里，冶炼，精炼。她仰起脑袋，往上空指，红色的铁水倒进熔炉，加氧气，烧啊烧，炉子倾倒，哗，出钢水，一个个模具排队，像放学回家的小学生，移过来，接住钢水，冷却成型，唰唰，移走。

我跟着她的手指，看见了热火朝天的炼钢厂房，工人忙碌来回，铁水钢水缓缓流动。我说，跟女娲捏人差不多。人也是生产线上蹦出来的。夏青说，钢可以废物回收利用，人不行。我们都笑起来。秦之扬说，现在学校里骂人，流行说回炉重造。

我说，人的命运是不是天生定好的，跟生产钢铁一样，出厂的时候，质量、规格、用途，已经定好了。有的是劣质钢，假冒伪劣，拿去建豆腐渣工程；有的是优等钢，能修摩天大楼、长江大桥；有的更好啦，特种钢，造火箭卫星哩。李桥抽着烟，笑道，那我是实打实的劣质钢。我不好意思地说，我也是，做出来是豆腐渣工程。夏青脑袋转过来，望起眼睛，一板一眼地说，可以做艺术品。像精品店里卖的撞珠。我喜欢撞珠。李桥还在笑，说，我谢谢你。

秦之扬是特种钢，他没有顺着话题讲，问，那你们觉得，钢的质量，是看原材料，还是看生产线，看工艺？我说，我是原材料不好，工人不负责，机器便宜，工艺也差。李桥说，我的厂子无人监管，自动运作。秦之扬说，厂长跟火箭商谈好了单子，但我想做潜艇。夏青面无表情，她听不懂我们的话，也不关心。

她往前走，说，我要爬烟囱。

我们顺着楼梯，走到烟囱底下，往上望。烟囱直径有五米长，是个巨大的黑洞，尽头有白光。我说，居然这么大。回声在烟囱里荡开。秦之扬压低了声音，说，从远处看好小。可他的声音还是被烟囱捉到了，好小好小好小……

夏青眼睛发亮，敞开嗓子，说，有人吗？烟囱叫了起来。李桥捂住她嘴巴，低声说，你想把厂子外的人招来？烟囱跟着他说悄悄话。夏青眼睛笑得弯起来，点点头。李桥松开她，说，从现在开始，只准讲悄悄话。

我忧愁地想，钻完烟囱，我的白裙子铁定废了。大家很快决定，沿烟囱内壁的环形楼梯往上爬。李桥推了几下楼梯，空置多年，不够结实。烟囱像一口深井，我有点儿怕，但我更想爬到光亮的出口。李桥用绳子把四个人的腰绑上，他走在最前边，夏青跟着他，我跟上，秦之扬断后。楼梯沿着烟囱内壁，螺旋向上，钢铁的踏板，踩在脚下木头一样松软。

越往上爬，光线越少，四周越黑暗，脚变成了手，在黑暗中摸索梯子。

李桥问，怕不怕？夏青说，不怕。听她的语气是真不怕。我羡慕她，永远没有烦恼和恐惧。李桥说，就知道你不怕，你是个憨包。秦之扬说，夏青，以后李桥这么说你，你就这么说他，说他是憨包。夏青说，可他不是憨包。秦之扬说，不是也可以说。我们每讲一句话，烟囱都配上立体环声特效。秦之扬说，吴润其你怕不怕？我浑身是汗，说，还行。李桥说，不怕，你要掉下去，我们四个一起掉。我说，那就不能死成风铃了。秦之扬说，是一串肉饼。夏青说，下去了我要吃烤肉饼。李桥说，好。

我们摸黑往上走，喘着气，讲着话，慢慢，头顶上光亮照下来。我激动地回头冲秦之扬笑，他一头的汗，笑容灿烂。我们继续往上走，越走，越有光。烟囱变窄，露出暗红砖色，阳光铺天盖地。我们爬到顶端，钻出烟囱。高空风大，吹得我们睁不开眼。我们在江城的最高处。脚下街道横七竖八，绿意盎然，缀了繁花；房子像模型积木在棋盘上排开；江景山、栖鹭山绵延起伏；长江是一条绿丝带。我们是天地间一团小点。

我们四个挤在一处，谁都没有讲话。江城是很美的。我看到了我的家，采沙场，渡口；看到了我的学校，秦之扬、李桥的学校；看到了城市的边界，无尽的农田，油菜花一片金黄。

秦之扬说，不知道别的城市是什么样子。我有时候想，是不是江城的问题。江城太小了，荒蛮，素质低。要是在省城，在北京，比如在科学家家里，他们锻造小孩的工艺就不一样。

我赞同他，说，我觉得会。或许北京的父母不会为了钱天天吵架。

李桥说，有本事的男人，不会打女人。

秦之扬说，对，也没有人天天指责小孩，骂小孩。

只有夏青说，万一不是呢。

我和秦之扬不讲话了。

李桥说，是不是都没什么大不了，反正我们也不能再出生一次了。

李　桥

　　李康仁这些天心情很差。轮船走在江上，一个乘客绕开"闲人勿入"的指示牌，爬上二楼驾驶室。来人西装革履，满面笑容，精气神豪迈大方。李康仁想认识，又不想认识，这是他曾经的好友兼同事兼筒子楼邻居赵小刚。赵小刚当年去广州打工，搞了几年自己当老板，开起了家具厂，规模越搞越大，还出口呢。如今，他的大奔停在李康仁的渡轮上，风风光光过江。

　　李康仁回到家，看着两室一厅的板房，觉得这是一颗糖衣炮弹。他失去的是一个内销外贸两手抓的家具厂，失去了一整排厂房流水线和职工宿舍，失去了大奔和银行卡里上亿的流水。一整个月，他气不顺，骂骂咧咧，说，赵小刚那孙子居然发财了，想当年船还没我开得好。我就晓得，他为人精明，这个社会，狡猾的人会发财。妈的，老子是运气不好，当年要是下岗了，保不齐比他赚得还多。

　　我说，大白天做梦，你没那个本事，有条船给你摆渡，这辈子饿不死，不错了。李康仁说，老子心情不好，你不烦老子。老子再没用，比你强。我没跟他争，提着麻布袋出门。今天五月三号。

我没有别的话想跟他说，我下楼，走出小区，没有回头。我在新航运小区住了五六年，但这块地方没有成为我的家。我的家在江边的筒子楼里，早搬空了，夷为平地。那天，我站在炼钢厂的烟囱顶上回头望，筒子楼连废墟都不剩，城建集团把地圈起来，挖了很深的地基，据说要建商场。夏青说，李桥，我们的家没有了。我说，早就没有了。她跟着说，早就没有了。

　　我去寄托所接夏青，寄托所老师以为我是她哥哥，说，夏青的住宿费要交了，我找她妈妈，她妈不交。这星期不交，不要住了。我说，好，不住了。我带她一起坐公交去江景山公园。夏青很高兴，她喜欢和我一起坐公交。她用脑袋轻轻撞车玻璃，她喜欢车窗户。我们坐的是吴润其爸爸那趟车，我带她坐最后排，给她看我们三个在广告牌上写的字。夏青很兴奋，说，这是时空穿越车。她说，我也要写。她写了第五行字："今天，出发。"她的字歪歪扭扭，比小学生写得还难看。

　　我们比约定的时间早到了十分钟，等待中，我渐渐心烦，夏青歪着脑袋摇她的风铃，我看她玩，又不那么烦了。我说，夏青，你想跟我走吗？她把脸转过来对着我，眼睛瞟我一眼，又垂下去，说，想。我说，你不后悔？夏青说，你这句话有问题。我说，也是，死了就不晓得后不后悔了。她点头，说，对的。李桥，我学风铃唱歌，你听。我笑了下，说，你唱吧，我听。

风铃唱，她也唱。约定的时间到了，吴润其来了，她小跑过来，说，你们来多久了？秦之扬呢？我说，不知道。等等吧。我和吴润其不说话，安静地等，只有夏青在玩风铃。过了五分钟，我又心烦了，点了根烟。吴润其不安地说，他是不是不来了？我还是不说话。过了会儿，夏青说，他来了。

秦之扬来了，一头的汗，喘着气说，错过一班公交，多等了五分钟，急死我了。吴润其说，我还以为你不来了。秦之扬说，为什么不来？你不相信我？吴润其有点儿尴尬，说，不是相不相信。哎呀，你当我没说。

我们进了公园，踩着石阶往上爬。夏青拎着风铃，蹦蹦跳跳走在最前面，风铃丁当响。她很轻松，但我们三个都不讲话。爬到半山，吴润其说，你们出门的时候，跟爸爸妈妈说什么没有？

夏青说，我妈妈说，夏青，你再不回来跟我们住，我不给你交钱了。她模仿完她妈妈的语气，又摇头晃脑地说，我爸爸，不知道。我没有见过我爸爸。

吴润其和秦之扬听不懂她的话。吴润其说，李桥，你呢？我把跟李康仁说的话复述了一遍。秦之扬说，早些年离开江城出去闯的人，很多都发财了。吴润其说，也不是，我爸爸去闯过，攒的换房子的钱，全赔光了，又回来开公交。秦之扬说，我爸爸发财了，稀奇吧，还有了新家庭，弟弟妹妹上小学了。我刚出门的时候，我妈妈说，秦之扬，你看你模考这道物理题，电流方向判断反了，这么简单的题你也写错？你晓不晓得高考一分卡几千个人？我说，妈妈，我走了。她说，跟你讲正事你不听，高考完你要后悔的。

我塞了颗薄荷糖进嘴里嚼。吴润其说，你好像很喜欢吃薄荷糖。我说，嗯。吴润其又说，我爸爸的同事劳动节嫁丫头，我出门的时候，他们在吵架，一个要给五百块份子钱，一个只准给两百。我本来想跟他们说点儿什么，插不上嘴，就什么也没说。她有点儿激动，吸了一大口气，说，不说也好。反正也不晓得说什么。没什么说的。唉，不晓得今天晚上，他们会不会哭。吴润其别过头去，我猜她现在就想哭。

石阶两旁，树叶在风里摇。我们走上山顶，到了望江亭，爬了一身汗，站在亭子里吹风。秦之扬说，我想起来了，这里是我爸妈当年约会的地方。十八年前，他们在这里看长江。李桥，你说的没错，不管发生什么，江水照常流。

我们站在山上吹风，谁也不讲话。我不知道该说什么。开始？想好了吗？有没有后悔的？来，一人选根绳子？傻×兮兮的。肏，我又心烦了。

哗啦啦啦啦，几百个空矿泉水瓶滚下来，一个拾荒老人抓着大蛇皮袋，踉踉跄跄跑下山坡。水瓶漫山遍野地窜。老人叫，哎呀，作孽啊，作孽。几个瓶子滚到亭子里，我们脚下。我捡起，又追去捡别的瓶子，夏青他们也弯腰跑着捡。我抱了一把空矿泉水瓶，放进老人的蛇皮袋子。他笑得眼睛眯成一串皱纹，说，学生，谢谢了，你们一个个心太好了。我们跑进树林，到处捡，来来回回，折腾了一刻钟，总算物归原主。老头不停说谢谢，说，学生，你们是哪个学校的，不上课呀？夏青说，我们来干大事。我拉了夏青一下，她不说话了，走到我背后玩风铃。我们的麻布袋放在亭子里，敞开了口，露出绳子。秦之扬快步跑过去把袋口遮起来，不晓得老头看见没有。老头坐在亭子里，给编织袋扎口，说，今天幸好碰到你们，不然老头我满山跑，累断腰杆。吴润其说，爷爷您多大年纪？老头比了个手势，吴润其说，六十八啦？还这么硬朗？老头说，劳动人民，操劳一辈子。秦之扬说，您的儿女呢？老头笑起来，后生怕我没人养？我三个儿子都成家立业，盖了大房子，丫头也嫁得好。老古董跟年轻人过不到一起，我饭吃自己的，床睡自己的，还有养老金拿，不要看我老头子捡垃圾，我是闲不住。山上走一趟，捡一包，下山卖二十块钱，一天的米钱油钱菜钱回本了。

我说，六十八，您也活很久了。老头露出一口烟熏的黄牙，摆摆手，一辈子在江城，没有出去过。我年轻时候漂在船上，沿着长江上上下下走，到过之江、曦城、梁城，就是从来不靠岸，没下去。我的脚没有踩过江城外的泥巴。

我问，您是开船的？汽渡，货轮，驳船？老头又摆手，我是搞打捞的。我们四个同时"咩"了一下。秦之扬不在江边住，不知道，问，捞什么？老头说，捞死人。玩水的，跳江的，男的，女的，还有小娃娃。每年捞几十个。秦之扬表情惊奇。吴润其说，江边夏天游泳的小孩多，经常有被卷走的，我妈妈就不让我学游泳。我现在都不会游。

这个我知道，我住在筒子楼里，每年夏天都听得到家长的号哭。老人说，我记得，我捞过你们这个年纪的。1979年的时候，你们都还没出生哩。有两个学生高考没考上，跳江了，捞到下游的曦城，才把人捞起来。父母哭得死去活来。唉，一晃二十多年了，要是活到现在，孩子都差不多有你们大了。可惜啊，那个时候就死了，看不到现在的好日子。老头叹息，说，我后面就不捞了，看了伤心。年纪轻轻的娃，有什么过不去的坎。看我老头子，十岁死了爹，三十几岁挨批斗，睡牛棚，死了老婆，都过来了，没什么大不了。我背起设备，到水下，水压大，水流急，那个难受，憋闷，像拿锤子锤胸口。痛苦啊，我就不明白，小娃为什么要跳江，跳进水底，多难受，多痛苦。唉，不能想，一想我就伤心。伤心。

老头走了。我们四个坐在亭子里，等着谁先讲话。但谁都不讲。夏青一直拨弄风铃，她玩了一会儿，忽然说，我们不能在这里上吊。

我们三个眼睛发亮，差点儿跳起来，几乎同时说，为什么？

夏青不知道该把脑袋转向谁，空转了几下，垂着眼睛，说，爷爷天天在山上捡瓶子，他看到我们吊在树上，会伤心。

吴润其立刻表示支持，她脸都激动红了，尖声说，我也觉得，那个爷爷好像很喜欢我们。他会伤心的。

秦之扬眼圈有点儿红，低下头，声音很轻：其实，我妈妈也会伤心。

夏青一板一眼地说，你妈妈还会哭呢。

秦之扬不讲话，表情扭曲，看了我一眼，好像要征询什么。我也不讲话。只有夏青回到原先的话题，又说，也不能跳江。爷爷不喜欢人跳江。吴润其在发抖，说，那你说怎么办？夏青耸了下肩膀，说，不知道怎么办了。

我看秦之扬和吴润其，他们两个看着我，眼睛里又忐忑又焦虑，我想了想，说，不知道的话，要不先什么都不做吧。

秦之扬明显松了口气。吴润其肩膀落下来，像是大难不死的样子。我觉得好笑，就笑了一下。他们两个也不好意思地笑了。我们三个人窥见了彼此的心思，起初笑得很尴尬，渐渐，笑得大声，哈哈笑起来。夏青不明白发生了什么，干巴巴地哈哈了两下，觉得不好笑，就没跟着笑了。

我们笑得前仰后合，肚子都疼了，笑得筋疲力尽，瘫在亭子里，吹风，望天。像劫后余生一样。

谁也说不出话，只有夏青的风铃在响，丁，丁冬丁，丁零零冬冬丁。

　　夏青跟着学，丁，丁冬丁，丁零零冬冬丁。

夏　青

　　人类寄存托管处不让我住了，因为妈妈不给托管费。李桥带我去他家。他有一个属于自己的房间。床单是天蓝色的，我说，我喜欢天蓝色。我坐在床上荡脚，李桥端来一盆温水，给我洗脸。

　　我说，我还是喜欢你小时候的家。

　　李桥说，这里可以把你藏起来，小时候的屋，睡客厅，没地方藏你。

　　我说，好吧。为什么把我藏起来？

　　李桥说，我爸会打你。

　　我说，我知道了。我不是他的心肝宝贝。

　　李桥拿毛巾给我擦脸，说，我也不是。

　　我说，我同情你。

　　李桥捏我的鼻子，不疼，他说，同情个屁。你都不晓得同情是什么意思。

　　我说，好吧，我不晓得。那么，谁是你爸爸的心肝宝贝？

　　李桥说，他那个人，没有心肝宝贝。一个人，心里没有爱的人，就残忍。

我说，李桥，你说的话我听不懂了。

李桥说，晓得你听不懂。没让你懂。

我说，李桥，你有没有心肝宝贝？

李桥凑近来，说，你说我有没有？

我说，没有心肝宝贝，就残忍。你不残忍，那么你有。

李桥笑起来，脸有点儿红，说，你话这么多。

我说，你的心肝宝贝是谁？

李桥说，是个憨包。

我说，是不是最可爱的憨包？

李桥扑哧笑了，笑得停不下来，说，夏青，要不要脸？

我说，好吧，要的。

李桥说，快去洗澡。我爸爸回来，你就洗不成了。

李桥抱起毛巾和衣服，拉起我，打开房门，瞄大门。外头没动静，走廊上也没声音。他拉我穿过客厅，跑进卫生间，关门。

李桥说，你怎么这么高兴？

我说，好玩。

李桥说，憨包。

他调好淋浴的水温，说，好了，洗吧。

他拉上帘子，把我隔在里面，我头晕，呼吸困难，我很怕，说，不行，李桥。

他立刻把帘子拉开，说，怎么了？

我说，拉帘子，我紧张。不能呼吸。

李桥说，是有点儿小。他声音很小，说，不拉帘子，我紧张，不能呼吸。

我说，为什么？

他说，你洗吧。

他背对我，站在门后。我脱了衣服冲澡。

他开始抽烟。

我说，你为什么在这里抽烟？

李桥说，闭嘴。

我洗完澡，穿衣服，李桥的爸爸回来了。李桥说，嘘。我穿好衣服，抓起他的手，躲在他背后。李桥爸爸在门外说，晚上张叔叔请客，我们去吃饭。李桥说，你自己去，我不去。李桥爸爸说，那我不管你了。他喝了杯水，说，买这么多零食？垃圾食品！李桥不讲话。李爸爸出门去了。李桥把我运回他的房间，我钻进被子，蒙着脑袋不出来。逃过搜查，惊险，开心。

夜里李爸爸回家，我蒙在被子里，藏在李桥的床上。他从来不进来，不知道我在屋里。我喜欢玩躲猫猫。白天，等李爸爸去上班，我们再出门，有时候李桥打游戏，我玩扫雷和接龙，还寻宝；有时候李桥带我去街上玩，到处瞎逛。

有一条路叫春景路，人少车少，树冠茂盛，像路两旁撑了排绿伞。我喜欢树，我仰着脑袋看树，树干，树枝，树叶，我从这棵树看到另一棵，绿莹莹的，深浅不一，看不够。我就站在原地看，举着脑袋，张着嘴巴。李桥说，啊，鸟拉屎到你嘴巴里了！我赶紧闭上嘴巴，过了一会儿，又不自觉张开了。李桥走进路边小卖部，买了两支雪糕，站在路边吃，左手那支是我的，我咬一口。风在树梢上打架，地上一地太阳光斑。风在树上吹，光在地上跑，满地打滚。我喜欢光，追着它们跑来跑去，跑到李桥身边，他抬起左手，我咬一口雪糕，光在他身上上蹿下溜，我又跑开去追。听见他在轻声哼歌。

李桥带我去江边，看轮船。我想坐轮船，李桥买了两顶黑帽子，我们戴在头上，坐在江边等，等啊等，等到一艘船靠岸，卸车，上车，起航；李桥说，这是我爸爸的船。等到又一艘轮船靠岸，李桥说，我们上这个。

汽车排队从船上下来，上了渡口，消失在去往城区的方向。过江的车陆续下渡口，上船，李桥拉我上去，到船舷边。船上停满了车，我说，能装这么多车啊，装满了。李桥说，傻，汽渡就是装汽车的。李桥带我走到船尾，把我耳朵捂住，说，别吓到。我说，啊？

嘟！！！！

我吓了一跳，但没有尖叫。驾驶室顶上有个大喇叭，嘟！！！！

轮船鸣笛，要开船了。

我说，声音真大。还是在岸上好听。

轮船行驶在江水上，像踩着一块漂浮的泡沫。船尾，江水滚动，两方排开，翻出白色泡沫。岸堤拉远，我说，我没有离开过江城。李桥说，江对岸也是江城。我说，好吧，我从来没有到江上来。

我们在船上，江水被甩开，露出城市的另一面，楼房、树林、山林、公路，依水而建，沿江铺开。蓝天很高，太阳很远。江水是淡青色的，我趴在栏杆上，低头看江水，近看有点儿发黄，水波拍打轮船，很多杂质、水草，悬在水里，偶尔卷来纸片和塑料袋。我说，跳江不好，水脏。李桥也趴在栏杆上，低头看，说，夏天涨潮，水脏。冬天干净很多。过了好久，他说，她怕冷，但她更爱干净。

我说，李桥，你又想你妈妈了？李桥不说话，把我拉过去，抱进怀里。我不喜欢和人身体接触，除了李桥。我说，你身上有味道，好闻的。他说，是薄荷糖吧。我说，不是。是别的。

但我也不晓得是什么。我不晓得的事情，太多了。

太阳落到江里，我们走回航运小区。进了小区，我和李桥玩装作不认识的游戏，我走前边，他走我身后。小区里很多人认识他，跟他打招呼。他们都不认识我，但他们都看我。李桥家在三楼，我走完一段楼梯，就回头找他，他就笑笑。我走到他家门口，还不停，继续往上走，我站在上一段楼道上等他。他开了门，进去走一圈，再出来，冲我勾手，说，进来。我下台阶，走到门口，李爸爸突然从楼梯间上来，说，她是谁？我吓一跳，掉头往楼上走，李桥把我捉住了，说，我朋友，没地方去，在我这里住。李桥爸爸说，是你女朋友吧？李桥说，随便你怎么说！李桥爸爸盯着我看，我很怕，李桥挡在我前面。李桥爸爸说，她脑袋抽什么抽？李桥说，没有。李桥爸爸弯过来看我，大声说，还说没有，颈子都在扯，像个宝器。我很怕，叫了一声。李桥挡着我，对他爸爸说，你进你的门，别管。李桥爸爸说，她是个宝器吧？李桥你脑壳有包，喜欢一个憨包？李桥吼，她不是憨包！你闭嘴！

　　我抱着脑袋蹲下去，李桥把我抓起来，扯进屋。李桥爸爸追着，拉我，说，不准进老子的屋。李桥把我扯进房间，关门。李桥爸爸踹门，哐哐响。我尖叫。门被踢开，门锁炸到墙上，他冲进来，眼珠子暴出来了，说，还说不是宝器，你看她，在扯筋！你是不是有病？还护着，你看上个婊子都比看上个宝器强。李桥说，李康仁你滚出去！李桥把他往外推，他巴掌打在我脑袋上，说，从老子屋里滚出去。李桥拦在他面前，像抵着一座山，他扭着他的手，手脚并用，把他往外推，推不动，李桥爸爸一脚踹在我肚子上，我摔到椅子底下，恐惧地持续地尖叫。李桥说，李康仁我操你先人！他爸爸扭着李桥的手，扇他，捶他，踹他。我抱着李桥，啊啊哭叫。他又来打我。李桥反过来抱着我，吼，你打！有种你把我打死！

突然，冒出一个叔叔和阿姨，拦住李桥爸爸，说，怎么又打人？吵得隔壁都听得见。以为要杀人。

李桥爸爸指着我和李桥，说，狗日的混账，找个宝器当宝，你们说该不该打。李桥说，你吃屎了，嘴巴放干净点儿！李桥爸爸又是一巴掌扇在李桥后背上，那一男一女把他拉住。

女的说，我看见过这个姑娘几次，李桥，你搞这种事情要不得。她不晓得事情，你占她便宜要不得的。

李桥把我拦在后面，说，徐阿姨你不晓得情况，不要乱讲。

女的说，那更加不行。跟个宝器谈恋爱，你脑壳进水了，什么样的姑娘找不到，找个智障。你才几岁，脑壳昏头，搞出问题了，要后悔死你。

李桥爸爸说，龟儿子跟他妈妈一样，脑筋不正常。

李桥指着他，说，你再说一句！

男的打他的手，说，李桥你还有没有名堂？这回是你不对！

李桥喊，你们讲不讲道理！他凭什么打人？我问你他凭什么打人？

男的也喊，你是他儿子他打不得？天底下，哪个老子打不得儿子？

李桥突然哭起来了，他冲到厨房拿了刀塞在他爸爸手里，哭喊，来，你打，你来砍呐。他伸着颈子，指，往这里砍，砍死算球！

李桥爸爸火大，要动手。男的拦住，说，没章法了！把刀给我！女的说，李桥你怎么这么浑！

我不能呼吸，头晕目眩，瘫坐在地上，叫，李桥。

李桥转过头来看我，他眼睛是红的，脸也红的。他一抓眼泪，把我从地上提起来，架出门去。李桥爸爸吼，你给老子再不要回来！

李桥扛着我跑下楼，他衣服上全是鞋印，脸上也破皮了。他摸我脑壳上的包，边揉边说，不怕啊，夏青，不怕啊。他说着，脑袋扎下去，眼泪水就唰唰掉落下来。

秦之扬

手机里的旧照片拷出来了，像素很低。照片上我们四个人脸朝镜头，面目模糊。清明那天下午，我找了家照相馆，照片恢复清晰，冲印出来。照片上四个人看着陌生，包括我自己。十年前我和他们长这样，干净，青春，还会笑。难以想象，我还有笑得开心的时刻。

回家收拾行李，张秋苇老师看到照片，说，照得蛮好。什么时候照的？我说，高考前。张老师说，这是你同学？我怎么没印象？我没讲话。张老师又说，这个墙看着眼熟，像我们家的墙。你同学什么时候来过家里？我一点儿印象都没有。

张老师眼力不错，那是在我家客厅的沙发上拍的。那次她出差，当然没印象。

我们决定不去死了。到底是出于害怕、不舍、胆怯、疑虑，抑或打从一开始就犹豫，不知道。我们没有讨论过。我们坐在江景山的亭子里，如释重负，一笑而过。下山去，继续面对不满意的日子。

吴润其率先说出了我心里想说的话，她问，我们以后还联系吗？

说实话，我想再见到他们，我喜欢和他们在一起，很放松，很自由。这一两个月来的失败计划，是我读书生涯最快乐的日子。我们四人里，只有我有手机。李桥说，QQ号找得到我，我基本在网吧。但吴润其只有一周一次的计算机课上才能上网。最后，我们和往常一样口头约定。

我们约好周末一起爬山。那时候，离高考只剩两周了。那个周末，张秋苇老师去省城出差。我说，别爬山了，去我家看碟吧，我找同学借了很多经典碟片。

我们浩浩荡荡进超市，推着手推车，在五颜六色的货架间穿梭，采购聚会美食。手推车一点点儿装满，我幸福得像拥有整家超市。人果然是社会性动物，跟他们一起逛超市的快乐，是150分的满分试卷无法比拟的。

我带他们去我家，进了小区，到单元楼下，夏青说，秦之扬，你的房子老了。我说，是老了，二十多年了呢。比我们还大。夏青说，它以前很年轻。我说，啊？夏青说，我来过你家。我说，什么时候，我怎么不知道？她说，很小的时候，你笑话我，说我笨，不会念书。我想不起来，说，我不记得了。没有吧。夏青说，我记得很清楚，秦之扬，是你的名字。我真没印象，说，一定是你记错了。李桥说，她可以跟你来来回回讲一个小时。我于是说，夏青，对不起，我不该说你笨。你很聪明。

夏青说，好吧。吴润其在一旁咯咯笑。我说，笑你个头啊。吴润其喊，冤枉，我连笑都不可以了？

我们涌进家门，李桥调电视机、碟片机，我洗葡萄、切西瓜、剥柚子，吴润其拆零食、套垃圾袋，夏青摆饮料。一切准备就绪，我们齐排排坐在沙发上，拉好窗帘，看电影。两个女生坐两边，我和李桥坐中间。因为夏青不肯坐中间。

我清楚地记得那天我们看的第一部电影是《毕业生》，结尾，本冲进婚礼现场，和伊莱恩一起砸了婚礼，他们手牵手逃出教堂的时候，夏青尖叫了一声，吴润其也激动地抓了一下沙发，但不小心抓到了我的手。我装作不在意，她也不在意，我们的手轻轻错开了。

之后的镜头，在我记忆中留下不可磨灭的印象。本和伊莱恩一路狂奔，冲上公交车，奔至最后一排坐下。他们癫狂、喜悦、大笑，之后，平淡、冷漠、微笑、释怀、空茫、接受、寂静。伴奏唱起 The Sound of Silence，我第一次听到这首歌，很震撼，不发一言。

电影结束，黑底白色的字母滚动起来，男声还在唱。夏青说，我不懂了。李桥说，我也不懂。我没说话，我好像懂了。吴润其不等片尾字幕滚动完毕，退了碟片，问，下部电影看什么？

《毕业生》《雨人》《指环王1》《指环王2》四部电影，八九个小时。我们从早看到晚，薯片、棉花糖、辣条、饼干、鸡爪、蛋糕、巧克力、橘子、西瓜、葡萄全吃光了，可乐橙汁也喝得精光。我们瘫在沙发上，像四条鼻涕虫。

窗帘外头暗下去，一条一条城市街道的车灯来回打在帘子上。

我说，还看吗？《指环王》还有3。

吴润其说，看不动了。脑壳蒙了。

李桥说，你们最喜欢哪个？

我说，《毕业生》。

吴润其说，啊？《毕业生》那个男主角好乱啊，完全不知道他在干什么。女主角最后居然会选他。

我说，你没看懂吧。

吴润其脸红了一下，我感觉我说错话了。吴润其说，李桥，你看懂了吗？

李桥说，一个乱搞的故事。

我不说话。

夏青说，我都看不懂。不过，雨人可爱。

李桥说，没你可爱。

吴润其说，我最喜欢《指环王》！不过3还没看，太长了。

我说，下次接着看。

李桥说，那要等你们高考完。

我说，高考完，我妈就不会管我了。再说，她暑假要值班。

吴润其说，行，约好了。三个星期后聚。碰杯。

她拿着空掉的果粒橙瓶子，我举起空可乐罐，李桥和夏青也拿起空瓶子空罐子，碰了一下。

他们走的时候，把垃圾清理干净，茶几地板擦了，像他们没来过一样。那天是我们最后一次聚会。往后，就再也没见过面了。

我高考超常发挥，考了市状元，成了明星人物。各方道贺纷至沓来，从市领导到校领导到江城知名企业家，我每天不是接受报纸电视台媒体采访，就是给小学中学高中各个母校做演讲。离别在即，熟悉的不熟悉的同学全熟络起来。整个暑假，我忙着接受祝贺，发表感言，选学校选专业，和老师道别，参加同学的升学宴，天天从早忙到晚。张秋苇老师再度成为江城的名人，《特级教师张秋苇，高考状元背后的伟大母亲》印在《江城日报》首页，摆在报刊亭，迅速卖脱销。

高考像一把解开的锁，把我从紧闭困顿的玻璃瓶子里彻底解放出来。我像蹦出瓶子的妖精，自由驰骋，把他们三人忘了。有次我和同学们去KTV唱歌，很多不认识的隔壁班隔壁校的学生也来了。一群人聚在一起聊天，我隐约听到几个字样，说什么失踪了，他爸爸失踪了，他也失踪了。就李桥啊，你见过，长很帅那个。

我凑过去说，谁失踪了？对方说，你认识他啊？我一时语塞。另一个人说，怎么可能认识，李桥早就不读书了。我说，我听听热闹。

我跑去采沙场找吴润其，找到一栋破烂的感觉有几百岁的孤楼，像刚从脏污沼泽里爬出来的，散发着臭气。我难以想象吴润其住在这种地方。大白天，楼上所有房门紧闭，安静得像这栋楼整体不存在。我在底下喊，吴润其！吴润其！楼背后的山林惊起一群飞鸟。

喊了四五声，一道老旧的声音说，她去乡下了。我不知道声音从哪儿传来，恐怕是这栋老房子在讲话。我说了声谢谢。江风吹来，我感到空茫，也感到庆幸。幸而她不在。我不用走进去见她。我们还能聊什么呢。

从那之后，李桥和吴润其的QQ永远成了黑白。我给他们留言，打招呼。但他们的消失，就像他们的出现一样，毫无预兆，没有踪迹可循。

九月份，我去北京上学。暑假炎热膨胀的气息迅速被秋风卷走，我成了大学里再普通不过的学生。学习的压力再次压得我喘不过气。很快，他们和我的大部分高中同学一样，变成了回忆里的老照片，偶尔从记忆中浮现，更多时候沉进江底。

第六章

吴润其

　　五号下午，我正收拾行囊，将两件衣服塞进背包，郑警官的电话来了。我一阵心虚，怕是这两天在街上晃荡被他撞见了。果然，他起头就问，你大后天上班？我说是啊。他说，在哪儿玩？我说，宅家里追剧。他沉默了一会儿，我感觉他有话想说，就问，郑警官，你有什么事？他说，你没回江城？我只好说，回了，但我真的不想再听案子来案子去的。该说的我早就说完了。李桥逃亡去哪里，有没有被警方抓到，我不想知道。你也别告诉我。郑警官说，放心，他没被抓到。我被他说中心事，面红耳赤。郑警官说，放下也好。我以后就不给你打电话了。你好好的。

　　我知道他说到做到。以后再也不会有人跟我提起李桥、夏青、秦之扬。

　　太阳转西，房间闷热，让人喘不过气。我出门透气，漫无目的地走，见红灯就停，见绿灯就行。城市喧嚣褪去，回神时，人在一条幽静小道上，面前是江城精神疗养院的围墙。粉色的蔷薇爬满栏杆，茂盛而芳香，天然的屏障，看不清里头景象。有声音传来，护士们念着口号，带护着病人做操。我猫着腰，透过花枝往里瞄，草坪上一片白衣服，像天使。我眼睛近视两百度，找不见夏青。

我坐在路边的长椅上发呆。无论李桥、夏青，还是秦之扬，他们的面目都有些模糊了，像隔着沾了雨水的玻璃。夏青说，我们本来就不存在，我们只是发生的事件。我坐在路边，没有事件发生，就像我不存在。秦之扬说，夏青的眼睛能看见时间流动。我好像也看见了，树的影子从我的左脚缓缓爬去右脚，又爬上我的小腿，我的膝盖，我的腰。它要把我吞没，它爬到我的胸口，我快窒息了，我起身，朝喧嚣和夕阳跑去。

我跳上开往郊区的公交车，穿过街道和斜阳，跑进公墓。江城习俗，清明当天不上坟。墓园里冷冷清清，前几日留下的长明灯、清明吊子、瓜果鲜花、残香、纸钱堆新鲜而扎眼。董姓警官说，李桥妈妈的墓没人祭拜。这时候一定会格外显眼。我专找冷清无祭品的墓，万万没想到，数量比我料想得多得多。太多的墓碑无后人来祭。我找了一个多小时，太阳下山，失败而归。

回程的公交上，我筋疲力尽，失望至极。我知道我不会再来了。一开始我就不该回来。

四月六号这天，出发前我去了趟超市。在二楼厨房用品区的货架间找到了王菊香女士。她穿着超市的制服，站在梯子上，往货架顶上摆汤碗。梯子旁，还有几箱子待上架的货。我想起读书那时候，有次去招待所找她，她刚好把一间客房的枕套被套床单毛巾整理出来，塞到清洁车上，床单上点点血迹和黄斑，她骂骂咧咧，推着车走向另一个客房。

她看见我，说，你怎么来了？我说，跟你说声，我走了。她放好汤碗，坐在货架上，喘了一口气，说，路上小心扒手，护好手机钱包。我说，晓得了。她说，还是要找个男朋友成家，条件好不好不管，对你好就行。我说的话，你要放在心上，一个人在外头漂，不是个事。我说，嗯。我走了。她说，你吃早饭没有？陈阿姨在厨具那边煎饺子，你吃两个。我说，吃过了。她说，走吧。她下梯子，捡纸箱里的货，我过去帮她拿，她打开我的手，说，哎呀做好事，你拈轻怕重的搞不好，别把我碗盘打落。我说，妈妈，你没哪天说过我一次好。她拿了大汤碗往梯子上爬，说，你矫情，走吧走吧，赶不到车了，票要重买。坐公交车啊，别打的士。钱没赚几个，先会享受了，跟你爸爸一模一样。

超市里头日光灯明亮，王菊香女士头上很多白发。

我心里突然有个孩子跑出来，说，妈妈，我知道生活不容易，可你为什么从来没想过保护我的自尊心，哪怕就一次。但最后，那个孩子没有讲话。

那个孩子早就离开了。

从新阳超市去渡口，坐18路公交。我坐最后一排靠窗。窗外，杨树一根接一根倒退。前排座椅靠背的广告上写着"宝马4S店店庆大酬宾"。我高考完第二年，公交换了新车辆，我们几个在座椅后背广告纸上写的话，埋进了垃圾坑，腐烂。

我高考太紧张，发挥失利。也说不上失利，比平时少了二十分，比当年的三本线差一分。去了个专科学校，学会计。

秦之扬是我们市的状元。我很惊讶，我知道他成绩好，不知道那么好。我还记得，有次参加同学的升学宴，看到了秦之扬。他同学在隔壁酒店办酒，在路边接待客人，秦之扬从出租车上下来。我记得他那时候的样子，不穿三中校服了。他穿了件白衬衫，白得耀眼，牛仔裤，脚上是阿迪达斯最新的球鞋。他同学勾着他的肩膀，在他耳边说悄悄话，他笑了起来。他往酒店里走，眼神往这边转，我吓一跳，赶紧躲起来。我羞于见他。那天我穿了他送给我的白裙子。爬烟囱后，我洗了两小时，可裙子吸收了洗衣皂的颜色，太阳一照，没了最初的洁白。那是我最后一次见到秦之扬。

我胆小，畏缩，什么都怕。真正去死，我是不敢的。可是除了去死，我和他、和李桥夏青再没有可聊的，也就没有再见的必要。就像最后那次去他家聚会，我们在超市疯狂购物，我走进他充满书香的家，坐在柔软的真皮沙发上，吃着我很少买的零食，看着我看不懂的电影。我们四个一直看电影，看了一整天，但我们不聊天了。

高考后我在江边散步，听说了航运公司李姓父子的失踪事件。据说警方在一艘汽渡轮船的船舷边发现了可疑的打斗脚印，极有可能有一人落水。我吓了一跳，怕是李桥把他父亲推进江里，逃跑了。我希望他逃跑了，永远不回来。约定的"离开计划"，我退出了。可如果计划实施，他就不会变成嫌疑人。

我又担忧，又害怕，又庆幸，又内疚。我不得不承认，五月三号那天，对于死亡我是犹豫的。郑警官说，吴润其，你真的想过自杀吗，跟他们一起？没有。我只是喜欢和他们一起计划离开，喜欢做菱形的一条边，风铃的一条铃。

计划昙花一现，活着成了一潭死水。我的大学生活乏善可陈，有一两个好友，与恋爱绝缘。没有人喜欢我，我也没有喜欢的人。头一年寒假回江城，我想去找夏青。虽然她说话奇奇怪怪，但我觉得我们可以聊天。可我一直没找她。没有任何原因。时间越久，动力越无。久到最后想起这个人，她仅仅成了一个名字。这个名字和当初的她，当初的四个人，没有任何关系了。

毕业后我在省城一家小型民营运输公司做会计，公司七八个人，一做就是六年。工资能养活自己吃穿住行，再无其他。除了追剧，我没有别的爱好。这些年网上流行精致女孩生活，旅行化妆健身烘焙画画展览乐器这些，我一没那个金钱，二没那个兴趣。三年前，有只小狸猫爬到我窗口，我吃什么，喂它什么，结果它赖在我家不走了，做了我的伴。白天我上班，它守屋；晚上我追剧，它陪看。

公司同事给我介绍过相亲，有一位男士，我蛮有好感。之江人，在省城读大学后留在本地。他不热情，也不冷淡，戴一副眼镜，见面那天穿白衬衫，面相斯文而踏实。我不善跟人聊天，他也比较腼腆，一顿饭吃下来，说话不多。我们互相留了微信，但他没有联系过我。我猜，他对我没感觉。同事说，其其，你别多想，他没有说你不好。半点儿都没有。我说，我懂，也没有觉得好，对吧。同事很尴尬，说，哎呀，这种事情要看缘分。

妈妈总在电话里说，早点儿回江城吧，趁年轻早些结婚，现在网上说的那些独立女性，都是骗人的。你年纪一天天大了，在外头不是个事。我说，我自己养活自己，不要你管。她说，你那叫养活自己？月初发工资，月尾用完。你说你到现在攒了多少钱？你死活不听过来人的话，还不找人结婚，以后有你苦日子过。我说，结婚有什么意思，天天为买菜几分钱吃酒几分钱吵架，吵一辈子，有意思没？妈妈语塞，说，那是你妈妈没本事，你是坐办公室的，难道会走我的老路？年代不一样，你们这代还是比我们幸福些。我说，有其母必有其女，我跟你一样，没得本事。幸福见了我也绕远路走。妈妈气得挂了电话。

我没有讽刺她，我是说真话。

有时候我很羡慕李桥，消失得无影无踪，远离生他养他的家，远离江城的一切人和事。我羡慕，但没胆。活该过成如今这样子，往前看，往后看，皆是一眼到底。如果我跟身边的陌生人讲故事，我的生活没有任何可讲，除了和他们三人的那一段，证明回忆里曾有过起伏和爆发。

我原以为长大了离家了，一切就会好起来，未来会有无限可能。我已经把"未来"走过，才知道我依旧懦弱。

公交车到站了。我下了车。站台离渡口还有一小段路，路边一家奶茶店，藏身绿荫后。我进去买了杯奶茶。小店装饰精美，最近流行的清新ins风。玻璃门旁刷了面水绿色的墙，被五颜六色便利贴贴满。这地方离渡口近，留言多是离别之人。诸如："×××我走了。""××以后我们，不知道还有没有以后。""××× 你还会等我吗？"

我忽然看见了我的名字。一张粉色便利贴上，写了一行字：*吴润其，你还喜欢白色吗？——秦之扬。2019.04.06*

街边黄槐花开了，光线明亮，我拿起一支笔，想了很久，写道：

　　一直喜欢。——吴润其 2019.04.06

夏　青

一切存在的物质，都是可以用数字衡量的。今天温度23摄氏度，湿度91%，我早上6点3分醒来。我的体温36.6摄氏度，我的体重43千克，我的身体长166厘米，我的床长200厘米，宽120厘米。我的房间长3.5米、宽2.5米。窗外，枫树高10.4米，有1根树干，23根大分杈，56枝小分杈。它的叶子我没有数，可惜疗养院不允许我爬树，不然我可以把它数清楚。

太阳的角度，月亮的盈亏，树的高度，猫咪的年纪，蜗牛壳的大小，一切都是数字。

护士说，夏青，疗养院就是你的家。我说，为什么这里是我的家？护士说，因为你住在这里呀。

照她这么说，我有七个家。小时候，我的家在江边的筒子楼里；后来，我的家在12路公交站终点的对面；之后，我的家在张洪源的小楼；再后来，我的家在特殊儿童寄托所；然后，在李桥的房间里；又后来，我的家在一艘汽渡轮船上。我喜欢船，虽然只有夜里才能去。

船上风很大，风铃挂在栏杆上，唱一整晚的歌。

李桥扎个猛子，鱼一样钻进水里，不见了。我蹲在船上看，等啊等，他不出来。我喊，李桥。什么也没有。我啊啊叫，跳啊，踩啊，跺啊，铁皮子甲板轰隆隆响。江面破开，水花四溅，李桥抓住我的脚腕，他从头发脸颊到肩膀胸脯裹着一层水膜，月光嵌在里面，亮晶晶地流动。李桥说，不怕，跟你躲猫猫。我说，不躲猫猫。他说，好。不躲猫猫。

李桥攀着船舷，抓住栏杆上我的手。他的手湿润冰凉。他不上船，一头闷进水里，身子漂浮起来。他趴在水面上，头发像黑色的水草，几串泡泡从水草里冒出来，很快没有了。他还趴在水上，江浪漂荡，他也漂荡，像落在水里的一件长衣。我抓住他的小手臂，往上拉，他的手臂上全是水，滑溜溜像泥鳅，拉不动。我不管，用力拉他。他还是不抬头，不上来。我叫，李桥。

李桥从水里站起来，跃跳上船，贴贴我的脸。他闻起来有一种水腥味，像江鱼。我说，你闻起来像江豚。李桥笑了，说，你见过江豚？我说，好吧，没有，我想说江鱼，但是，江豚可爱，我喜欢江豚。李桥说，那你闻起来像刚刚结了果子但还没有长熟的小西瓜。

我说，你喜欢小西瓜吗？

李桥说，我喜欢。

李桥说，开动。飞船启动，脚下震颤，我吓得抱住他的腰，脑袋左看右看。江岸离我们而去，几颗星子掉在岸上。我们滑进江心，漂流而下，沿岸缀满了星星。李桥说，青青，我们一路开，把船开到海里去，好不好？我说，好。要是船翻了，我们就变成鱼。李桥说，船不会翻，会没油。我说，加油，李桥。李桥哈哈笑。江风潮湿，我们在黑色的江水中游荡，月亮落下来时，船咣当撞上了岸。我们回到白筏渡口。那时候的李桥闻起来像夏夜的江风。

李桥又扎到江里去了，我也跳进江里，我像一只秤砣，咚！李桥在水里把我接住，托出水面。他说，好玩吗？我冷，哆哆嗦嗦，牙齿咯咯响。江水像冰块。他说，习惯就不冷了。李桥一手抓着船边的缆绳，一手拉着我，我们在起伏的江中颠簸。他说，夏青，干脆漂走吧。我说，漂走吧。李桥松了力道，我和他慢慢下沉，咕咚，我被江水吞没。那种感觉很奇特，像是掉进一个巨大的密不透风的果冻里，被紧紧包裹。风声，浪声，安静了，咸湿的气息，没有了，江面以下，暗流涌动。李桥松开缆绳。一股波浪一推，轻轻地，我们漂离了渡船，像两片树叶被水推远。咕咚，我张开嘴巴，痛苦地抽搐。李桥的脚钩住缆绳，用力一拉，我们逆流拨回船边，撞出水面。夜风大吹，我趴在他肩头，咳嗽不止。李桥的脸上全是水，有冷的水，有热的水。他说，不行。那时候，李桥闻起来像下了雨的夜晚。

傍晚，没有风。枫树一动不动，夕阳落在上面，灰尘一样。李桥坐到窗台上，说，我走了。我盯着我的拖鞋和脚趾，不说话。李桥又跳下窗台，走来我身边。树的影子在墙壁上闪烁。他摸摸我的头，说，怎么了？我说，你走了，不回来了。李桥说，不是。我说，骗人。李桥说，不骗人。我说，下次是什么时候？李桥不说话。我哭了起来。他说，青青，不哭，我会回来。我又不哭了，说，好吧。李桥坐上窗台，说，我要走了，你过来。我走到窗边，李桥亲了我一下。李桥的嘴巴上有薄荷糖的味道。他翻身，越过窗台，落进花丛里，人不见了。只剩墙壁上一串数字：170503。

一切物质，都可以用数字衡量。连疼痛都可以，0度、I度、II度、III度、IV度。最高级的IV度是持续的剧痛，伴有血压升高，脉搏剧烈，严重甚至晕厥。我看到窗台旁的170503，是IV度痛。

秦之扬

　　收拾完行李，郑警官电话来了。他说他刚经过公墓，给李桥妈妈的墓上送了灯和花。我说，要送也不早一天送。他说一时兴起，又说，打捞员在捞起李康仁的地方扩大范围，找了方圆几公里，又在江底挖出一具尸骨。怀疑是李桥。我愣了一下，说，不是吧。长江里头每年多少捞不起来的人，怎么就晓得这个是李桥。做DNA鉴定了？郑警官说，结果没出来。其实这个问题，问夏青最直接。

　　我怀疑郑警官在诓我。李桥行踪不定，警方实在找不到了，又撬不开夏青的嘴，所以想让我找夏青。我自然不会上当。

　　整个下午，我坐立不安，在家里转来转去。太阳快下山的时候，我忍不住了，去了疗养院。护士让我在活动厅里等，我很紧张，神经质地走到窗边观察，寻找警方的眼线，院子里风停树静。我甚至把桌子上下检查了一遍，没有窃听器。

　　我越来越不安的时候，夏青来了。她穿着白衣服，右手拎着一串风铃，风铃随着她的走动丁冬响。她的样貌让我的回忆变清晰，我的心平静了。夏青不看我，她坐在我对面，低着脑袋，摸风铃上的白羽毛。我说，夏青。她把脸抬起来，眼睛斜看着窗外。我说，你认不认得我？她说，时间从你身上穿过去了，秦之扬。

我突然想哭，说，是啊，我老了。你过得好不好？她仍是看着窗外，说，还有吴润其。我说，你也记得她。夏青说，她刚刚来了，坐在小月季花的那头。我一愣，说，我来的时候没看到她。夏青说，时间又把她卷走了。长椅子不动，有次，李桥也坐在那里。我激动地说，我就知道他会来找你。

四周没人，我趴在桌上小声问，夏青，李桥现在在哪里？夏青不讲话了，手指紧紧攥着风铃。我说，那天到底发生了什么？我一定保密。她呼吸急促起来，突然，从口袋里掏出一颗薄荷糖，撕开包装，拿出糖果，拇指和食指捏住，吮起来。我看包装袋，是李桥常吃的那种薄荷糖。我说，李桥也很喜欢吃。可她只是吮着糖果，再也不理我了。现在的她比年少时期更难交流。她吃完了糖，站起身，一句话不说，转身走开，没有看我一眼。或许在她眼里，如今的我只是一条短暂的事件。就像吴润其一样，转眼被时间卷走。

我问护士疗养院是否接受捐赠。护士说是公立的，但如果社会人士好心捐赠，自然欢迎。我立时捐了一万块。护士很惊讶，把院长叫来了。我说，拜托多照顾夏青。护士说，放心，比起其他病人，夏青特别省心。只是隔三岔五，夜里在房间里踩地板。还好，这几天没踩。

吴润其也回江城了，还来了疗养院，但没进来。我无法推测她的想法，时隔多年，大家都不是当初的孩子，除了夏青。

四月六号上午，离家的时候，张秋苇老师还在书房批改卷子，她说，五一假期有时候就回来玩。我说，看情况。她低下头，继续看卷子。但我看见，她的手没有动，只是捏着红钢笔。我说，张老师。她抬起头，很奇怪我这么称呼她。我说，你今年要退休了。回想一下，有没有感觉很遗憾的事？她愣了一下，说，我对得起我的每个学生，没遗憾。我说，哦。我问的不是你的工作。她呆了一下。但我走了，没有多的话。我下了楼，出了小区，堂哥的车在路边等我。他们要回省城了，刚好把我顺去机场，晚上飞机回京。

路上接到我爸爸的电话，他说，你清明回江城给爷爷上坟了？我说，嗯。他说，好。你五一放几天假？我说，三天。他说，来杭州玩。爸爸好久没见你了。我说，到时候再说。秦老板问了工作是否顺利之类的，又问，谈女朋友没有？

我一点儿也不烦，习惯了，也理解。他们爱问这个问题，是因为除了这个，父母与成年的孩子已没话可讲。

我说，没有。他说，你妈过得怎么样，升职没有？他这话刻薄，他明知她要退休了。我说，她要退休了。他笑了一下，说，亏得我来杭州了，当老师没前途。我没说话。他说，爸爸给你买辆车吧？我说，你不如把我妈妈当初给人的赔偿金先还给她。秦老板停了少许，说，还还还，明天给她打一百万。

堂哥在开车，说，扬扬，叔叔那件事，我跟我爸想法不一样。我觉得你妈妈做得对。唉，当初爷爷不肯给补偿费，还是你妈妈给的。要我说，爷爷爸爸，脑子都不清白。堂嫂说，哎呀你话多，不要议论长辈，晓得吧。

快到渡口，汽车排队过江，堵车了。我看路边有奶茶店，说，嫂子这个月份能不能喝奶茶？堂嫂说，可以，常温少糖。堂哥说，给我也带一杯。冰的。我说，你们别等我，往前走。过会儿我走过去，船上会合。

我点了三杯奶茶，几个高中女生从店门口经过，其中一个穿着白裙子。太阳很大，照得她从头到脚白花花的，刺眼。店员说，三杯奶茶好了。我拿了茶，说，墙上能写字？店员说，便利贴和笔在抽屉里。我想起坐在长椅上的吴润其，不是滋味，写了一行字，撕下来，贴在墙上。

今天天气很好，不热，也不凉。黄槐花金灿灿，一路盛开到江边，江水青蓝。汽渡轮船靠岸了。船上的车上岸，岸上的车上船。我上了船，沿着船舷走，找我堂哥的车。手机又响了。是郑警官的电话，说，你走了？我说，在渡口，刚上船。DNA比对出来了？郑警官说，是李桥的尸骨。

我站在原地，脑子嗡嗡响，像过了一阵大风。

郑警官说，喂？秦之扬？喂？信号不好吗？喂？

我说，啊？谁？郑警官说，是李桥，死了十年了。我说，是不是搞错了？郑警官说，错不了。我说，不可能。夏青跟他有联系。她没跟你说，但她告诉我了，李桥去找过她！郑警官说，夏青脑筋不正常，是幻觉。

我说不出话来，手脚发凉，是江风吹的。

郑警官说，我们推测，最大的可能是李桥和夏青像流浪汉一样夜里住在船上。李康仁发现后，殴打夏青。父子起了争执。李桥把李康仁推落江里，看他快淹死，又跳下去想救他，结果自己也被江水卷起走了。夏青看见李桥跳江，晕倒了。这只是可能性最大的一种推测。也可能李桥和他父亲一起掉进江里，不过那个流浪汉没有听到呼救，所以我倾向前一种。说来说去，都是猜想。

我说，哦。郑警官说，案子暂时这样了。你节哀。我说，我没事。他说，一路顺风。我喉咙里苦，说，等一下，那串数字什么意思？郑警官说，什么数字？我说，什么一七什么。郑警官说，170503啊，我算了蛮久，李桥死的那天，17岁5个月零3天。

一切存在过的物质都可以用数字衡量。李桥落进长江的时候，17岁5个月零3天。这个数字永恒不变。

轮船鸣笛，甲板上车停得满满当当，要开船了。我手脚打抖，呆站了一会儿。堂哥的电话来了，说，你上船没有。我说，上了，马上过来。

我找到堂哥的车，上车，把奶茶给他们。堂嫂说想下车走走。我留守车上，看着他们两个走去船舷边。二楼的驾驶室里，一个穿制服的中年驾驶员正开船，玻璃窗旁红旗飘飘。突然，吴润其从风挡玻璃前走过去。我吓了一跳。

的确是吴润其，穿了件白色外套，还是留短发，比高中时候高了一点点儿。她在车辆间穿梭，最后上了一辆开往省城的大巴。

轮船在江上行驶，我内心翻江倒海。最后，我没有去找她。

船笛轰鸣，嘟——嘟嘟——

汽渡靠岸，小型车辆先启动。我从大巴车的窗户上看到了她的侧脸。轿车上岸，加速，很快，大巴车甩去树荫后，不见了。